회귀로

영웅득전

회귀로 영웅독점   7

초판 1쇄 인쇄일 2021년 05월 14일 | **초판 1쇄 발행일** 2021년 05월 20일

지은이 칼텍스 | **펴낸이** 곽동현 | **담당편집 팀장** 이범수
편집부 정요한 최훈영 조혜진

펴낸곳 (주)조은세상 | **출판등록** 제2002-23호
주소 서울특별시 동작구 동작대로1길 27 5층
TEL 02)587-2966 | FAX 02)587-2922
E-mail bukdu@comics21c.co.kr

칼텍스©2021
ISBN 979-11-6591-821-7 | ISBN 979-11-6591-494-3(set)
값 8,000원

칼텍스 퓨전판타지 장편소설

FUSION FANTASY STORY

CONTENTS

Chapter 42.　⋯　7

Chapter 43.　⋯　47

Chapter 44.　⋯　83

Chapter 45.　⋯　121

Chapter 46.　⋯　155

Chapter 47.　⋯　191

Chapter 48.　⋯　233

Chapter 49.　⋯　269

Chapter 42.

　수확제가 끝나고 성도 가문의 가주 김성필은 굳은 얼굴로 말을 몰았다.

　'아주 좋아 죽네. 좋아 죽어.'

　주지율은 간접적으로 이서하에게 충성한다고 말한 셈이나 다름없었고 그것을 신유철과 이강진은 흐뭇하게 바라봤다.

　이서하의 신하가 된다는 것은 신유민의 사람이 된다는 것을 뜻했다.

　국왕 전하 입장에서는 마다할 이유가 없는 셈.

　'잘나가는구나.'

　내 아들을 죽이고도 잘 지내고 있구나.

9

아들이 사라진 뒤 김성필은 단 한 번도 두 다리 뻗고 잔 적이 없었다.

매일같이 꿈에 지환이 나와 자기를 찾아 달라고 울부짖었으니까.

때로는 산에서, 때로는 물에서, 때로는 다 타 버린 채로 나오는 아들.

시신이 어디 있는지도 모르기에 꿈에 나오는 아들의 모습은 제각각이었다.

"그래, 더 높이 올라가라."

추락할 때 더 고통스럽도록 말이다.

김성필은 지금까지 이서하를 죽일 기회만 엿보고 있었고 무과가 바로 그 기회라고 생각했다.

그렇게 성도로 돌아온 김성필은 바로 일에 착수했다.

가장 먼저 예담을 불러들인 김성필은 이서하를 죽이는 것이 가능하냐고 물었고 예담은 곰방대를 물었다.

"무과 중 습격하는 것은 반대입니다."

"반대라고?"

김성필의 안광에서 광기가 보였다.

살기등등한 눈빛으로 협박하는 것이었으나 예담은 가소롭다는 듯 피식 웃으며 말을 이어 갔다.

"무과는 나라의 미래를 뽑는 자리입니다. 국왕을 비롯해 병조 모두가 준비한 국가적 행사죠. 그런데 우리처럼 작은 조직이 망치려 든다면 국왕이 가만히 있겠습니까?"

누울 곳을 봐 가며 다리를 뻗어야 한다.

그렇지 않으면 왕국 최대 살수 조직이든 뭐든 사라지게 될
테니 말이다.

"성공해도 위험하고 실패를 해도 위험합니다. 추천해 드리
지 않겠습니다. 차라리 무사가 된 후 임무에 나가는 이서하를
처리하는 편이 나을 것입니다."

나름 진심 어린 조언이었다.

그러나 1년을 넘게 이 순간만을 기다려 온 김성필에게 그
조언이 먹힐 리가 없었다.

"그래서 못 하겠다는 건가?"

"그렇습니다."

"지금까지 내가 많은 편의를 봐주었다고 생각했는데 말이
야. 은혜를 이런 식으로 갚나?"

"저희가 내는 상납금이 얼마인데, 일방적인 은혜라고 보기
는 힘들지 않겠습니까?"

"……그래? 그대 뜻은 잘 알겠네."

"그럼 소녀는 이만."

예담이 망설임 없이 방을 나가자 김성필은 작게 한숨을 내
쉬었다.

"쥐새끼들을 믿는 게 아니었는데 말이야."

암부가 아무리 규모가 크다고 한들 지하에서 생활하는 쥐

새끼들이나 다름없다.

애초에 힘이 될 거로 생각한 것이 잘못이다.

언젠가 처리해 버려야겠지만 지금은 아니다.

지금은 이서하가 더 중요하니까.

그때였다.

"예담이 안 움직인다고 합니까?"

방문이 열리며 한 남자가 들어왔다.

김성필의 이복동생이자 성도표국의 표두(標頭) 중 한 사람으로 성도가 자랑하는 최강의 무사.

김희준이었다.

"희준이냐?"

김성필의 앞에 앉은 희준은 헤실헤실 웃으며 예담이 남기고 간 차를 마셨다.

"암부 놈들은 안전하게 돈 벌 궁리만 하는 놈들입니다. 저런 놈들한테 무슨 큰일을 시키신다고. 그냥 우리끼리 하시죠."

"후우, 원래 직접 피를 묻히는 건 피해야 하지만."

"에이, 직접 하는 게 가장 재밌죠."

김성필은 동생을 힐끗 쳐다보았다.

보통 가주들은 친인척을 가까이 두지 않는다.

언제든 가주 자리를 위협할 수 있는 존재기 때문이다. 그런데도 매사에 신중한 김성필이 이복동생을 옆에 두는 이유는 그의 성격 때문이었다.

"제가 직접 죽여 보겠습니다."

김희준은 미쳤다.

오직 피를 흩뿌리기 위해 살고 있다고 할 수 있을 정도로 그는 살인에 목맸다.

그래도 그가 살인 대상을 정하는 기준은 매우 엄격했다.

오직 명성 높은 강자.

그 기준마저 없었다면 단순한 살인마가 되었을 놈이었다.

하지만 성격이 뒤틀린 만큼 권력욕은 없었기에 모순되게도 김성필이 가장 마음을 놓고 같이 일할 수 있는 혈족이기도 했다.

"네가? 힘들 텐데."

"에이, 형님. 아무리 그래도 약관도 안 된 애송이한테 제가 질 거라고 봅니까? 실망입니다."

"아니, 네가 이기겠지."

이서하의 실력은 진짜다.

아마도 천우진을 베었다는 것도 사실일 것이다.

그러나 그래도 지금은 김희준이 이길 것이다.

지금의 김희준은 천우진과 일대일로 싸워도 크게 밀리지 않을 테니 말이다.

선인 수십 명의 도움을 받고도 반죽음 상태가 된 이서하와는 명확한 실력 차이가 있을 터.

"하지만 예담의 말도 일리가 있다."

무과를 망치면 그만한 후폭풍을 대비해야 한다.

혹여라도 성도 김씨가 무과를 망친 배후로 지목되면 멸문까지 각오해야 할 것이다.

국왕 전하와 철혈이 같이 쳐들어올 테니 말이다.

"직접 움직일 것이라면 확실하게 준비해야만 한다. 특히 무과가 어디서 행해지는지도 알 수 없으니 말이야."

제2 시험, 모의 임무가 치러지는 장소는 비공개로 진행된다.

주요 관계자를 제외하면 마지막 순간까지도 그 위치를 정확하게 알 수 없다.

"무과 장소야 신태민 저하께 물어보면 알 수 있지 않겠습니까?"

"신태민 저하에게?"

김성필은 미간을 찌푸렸다 고개를 끄덕였다.

"그래, 공통의 적이구나."

신유민의 오른팔이라고 할 수 있는 이서하를 제거하는 일이다.

신태민이 협력하지 않을 이유가 없다.

거기다 왕자 저하가 한배를 탄다면 최악이라도 침몰할 일은 없지 않겠는가?

"그래도 성도가 배후로 지목되는 일은 없어야 할 텐데……."

이서하만 딱 죽인다면 신태민 저하, 암부, 그리고 성도가 모두 의심받을 것이 뻔하다.

"의심을 피하려면……."

"제게 좋은 생각이 있습니다."

김희준은 방긋 웃으며 말했다.

"다 죽여 버리면 뭐가 목표인지 모를 거 아닙니까?"

"……다 죽이겠다고?"

"네, 많이 죽일수록 재밌죠. 지환이도 또래가 많은 게 좋지 않겠습니까? 죽이지 않아야 할 목록 정도만 만들어 주시죠. 그럼 그대로 하겠습니다."

"네가 미쳤구나?"

"제가 언제는 제정신이었습니까? 나무는 숲에 숨기라고 하지 않습니까?"

그 말이 여기서 쓰이는 말이었던가?

아무래도 저 멍청이가 되는 대로 뱉는 것만 같다.

하지만 동생의 생각이 아예 허무맹랑한 것은 아니었다.

"다 죽인 이유는 어떻게 하려고?"

"대충 깃발 하나 꽂고 오죠. 이름은 새로운 하늘과 땅을 바란다는 뜻에서 신천지 어떻습니까? 있는 놈들 죽이고 가난한 놈들 세운다는 발상은 언제나 있어 왔지 않습니까?"

"하긴, 그렇지."

뻔하디뻔한 사상이지만 언제나 통용되는 사상이었다.

"허허실실이라고 하지 않습니까? 허락만 해 주면 다 죽여 버리고 오겠습니다."

저 말도 이럴 때 쓰는 말이었던가?

어쨌든 뜻은 통하니 더 말을 이어 가지는 말자.

무과 필기시험도 겨우 통과한 동생이었으니 말이다.

"그래. 그럼 죽이면 안 되는 목록만 만들어 주마."

이서하를 죽이기 위해 무고한 다른 생도들도 죽인다는 발상.

평소의 김성필이라면 결코 하지 않았을 테지만 지금은 다르다.

아들이 죽었다.

아들을 위해서라면 뭐든 해 줄 수 있는 김성필이었다.

'후배 많이 보내 주마. 데리고 놀아라. 지환아.'

김성필은 그렇게 생각하며 신나서 밖으로 나가는 동생을 쳐다보았다.

◆ ◈ ◆

1차 발표 이후 최도원은 이마를 짚은 채 앉아 있었다.

이서하 앞에서는 우리의 승리라며 우겼지만 이건 할 말 없이 완패였다.

1등을 이서하한테 빼앗긴 것까지는 이해하겠다.

승패는 병가상사라고 하니 말이다.

하지만 2등까지 빼앗길 줄은 꿈에도 생각하지 못했다.

"괜찮아?"

정시은이 조심스럽게 묻자 최도원은 고개를 끄덕이며 자리에서 일어났다.

"그래도 우리가 이긴 건 이긴 거잖아. 다음엔 확실하게 이겨 버리자고. 뭐, 공부만 잘한다고 진짜 무사는 아니지. 진짜 무사는 싸움을 잘해야 하는 법."

그때 그의 옆으로 한 남자가 지나갔다.

운성의 한영수였다.

어렸을 적 한영수를 본 적이 있는 최도원은 그에게 반갑게 손을 들어 외쳤다.

"어이, 한영수."

한영수는 최도원을 발견하고는 작게 한숨을 내쉬었다.

"쯧, 최도원."

최도원은 의기양양하게 걸어가 말했다.

"오랜만이다. 이번에 6등이던데. 좀 하네?"

"자랑하러 왔냐? 3등 한 거?"

"에이, 1등도 아니고 자랑할 게 있나? 그보다 너 이서하한테 완전 박살이 났다더라? 수도 오자마자 너 아는 애들이 그러던데."

"……"

한영수는 침묵했다.

사실이니 할 말이 없었다.

"진짜인가 보네. 천하의 한영수가 입을 안 여는 걸 보면."

"놀리려는 거면 난 간다."

"걱정하지 마라. 우리 다 같은 4대 가문이잖아. 어차피 공부만 잘하는 놈들 같은데 모의 임무에서 박살 내 줄게."

"풉."

한영수는 조소를 터트렸다.

진심으로 비웃은 한영수는 최도원을 향해 말했다.

"그래, 열심히 해 봐라. 기대할게."

그리고는 고개를 흔들며 멀어졌다.

발전하기 위해서는 주제를 알아야 한다.

지난 3년간, 한영수는 자기 주제를 뼈저리게 느꼈다.

"주제 모르는 놈이 저기 또 있네."

이서하는 최대한 건드리지 않는 게 좋다.

그게 한영수가 내린 결론이었다.

◆ ◈ ◆

제2 시험, 모의 임무의 규모는 상상 이상이다.

한 지역을 길게는 1년, 짧게는 반년씩 통제하며 마수의 숫자를 조절하고 모의 임무에 필요한 구조물들을 설치했다.

무과는 국가적 행사.

이 짓을 하기 위해서는 돈도 어마어마하게 들어갈 것이다.

생도들은 모두 도보로 시험이 치러지는 지역으로 이동했다.

그렇게 도착한 시험장은 나름 나에게 익숙한 장소였다.

아니, 나에게 익숙하지 않은 지역이 있던가?

나는 누군가가 깎은 것처럼 날카로운 절벽을 바라보며 생각에 잠겼다.

비석산(碑石山).

자연이 절벽에 새긴 글자들이 마치 비석과 같다고 해서 붙은 이름이었다.

이름에서 알 수 있듯이 절벽이 많고 험한 산으로 임무는커녕 등산하는 것조차 힘든 곳이었다.

'이번 시험은 힘들겠네.'

회귀 전에는 18살에 시험 신청을 하지 못했으니 시험 장소를 예측할 수 없었다.

모두가 비석산을 올려 보고 있을 때 교관 한 명이 앞으로 나왔다.

"반갑다. 이번 시험을 맡은 전미도다."

전미도.

단발머리의 여자는 칼로 베어도 피 한 방울 나올 거 같지 않은 인상이었다.

'청의선인 전미도.'

30대 후반의 젊은 나이임에도 이미 청의를 입은 능력 있는 선인.

그녀는 수도 남문을 지키는 수비대장도 도맡고 있었기에

낯이 익었다.

'꽤 거물이 붙었네.'

젊은 나이에 색의를 입은 만큼 실력 또한 발군이었다.

한 가지 문제라면 지나치게 완벽주의자라는 것.

부하들은 피곤하겠지만 시험관으로는 제격이었다.

나야 시험을 보는 데 문제만 없다면 뭐든 좋다.

"지금부터 조를 짜 주겠다."

모의 임무는 5명이 한 조가 된다.

그 이상이 한 조가 될 때 역할이 없는 무사들도 나오기 마련이었다.

"그럼 모두 조를 확인하라."

전미도는 팻말을 설치했다.

그때 옆에 있던 아린이가 쓸쓸하게 말했다.

"다 같이 갈 수는 없겠지?"

"그렇겠지. 그렇게 형편 좋게 짜 줄 리가 없으니까."

아마도 친구들과 함께 같은 조에 배정되기는 힘들 것이다.

무과 시험은 통솔력과 협동력도 보기에 기존에 알던 인물들과 조를 짜 주는 경우가 없다.

이미 친한 이들과는 잘 협동할 수밖에 없기 때문이다.

더군다나 만약 아는 사람끼리 조를 짤 경우 각 조의 실력 차이도 어마어마하게 날 수밖에 없다.

최소한의 공정성을 위해서라도 조는 마구잡이로 짜야만

한다.

나는 팻말로 다가가 다른 아이들이 확인할 때까지 기다렸다.

그렇게 멍하니 기다리고 있을 때 시선이 느껴졌다.

전미도였다.

전미도는 나와 눈을 마주치고는 콧방귀를 뀐 뒤 고개를 돌렸다.

'저 아줌마는 왜 저래?'

뭔가 불만이 있는 것처럼 노려봤는데 말이다.

그렇게 확인을 마친 생도들이 빠져나가고 나는 팻말을 확인했다.

"이서하, 여기 있네."

찾기 쉽게도 내 이름은 맨 위에 있었다.

[이서하(將), 유아린, 한상혁, 박민주, 주지율.]

"응?"

어찌 된 영문인지 전부 같은 조에 배정되었다.

전미도는 팻말을 확인하는 이서하를 노려보며 생각에 잠겨 있었다.

'쯧, 공정하지 못하게.'

무과는 공정해야 하는 법.

전미도는 성적을 기반으로 조장과 조원들을 완벽하게 만들어 놓은 상태였다.

그때 위에서 내려온 명령 하나.

이서하와 주지율을 같은 조에 배정하라는 것이었다.

그것은 완벽주의를 지향하는 전미도에게 있어 받아들일 수 없는 편의였다.

"절대로 받아들일 수 없습니다."

전미도가 항명하자 돌아온 대답은 하나였다.

"어명이다. 그냥 시키는 대로 해."

근위대장의 명령에 전미도는 눈을 질끈 감고 주지율을 이서하의 조에 옮겼다.

하지만 마음에 들지 않았다.

아무리 국왕 전하의 총애를 받고 있다 하더라도 이서하만 편의를 봐준다는 것은 절대 용납할 수 없는 일.

그렇기에 그녀는 생각을 바꾸었다.

이서하만 편의를 봐주니 다른 아이들 모두 동일하게 편의를 봐주자고 말이다.

그때부터 전미도는 미리 만들어 놓은 조를 전부 바꾸기 시작했다.

모두 오랫동안 호흡을 맞춘 친구들과 함께하게끔 말이다.

그렇게 모두가 행복해할 만한 조가 만들어졌으나 이번에
도 문제가 있었다.

실력적 균형이 무너진 것이다.

누가 봐도 상위 학관의 생도들로 이루어진 조가 막강해 보
였고 이서하의 조는 바로 실전 임무에 투입해도 될 정도였다.

그렇기에 전미도는 상위 학관 생도로 이루어진 조에는 어
려운 임무를 배치했다.

거기다 가장 강한 두 조.

이서하 조와 최도원 조의 임무는 서로 충돌하는 부분까지
있었다.

'둘 중 하나는 임무에 실패할 수밖에 없다.'

하지만 임무에 실패한다고 해서 탈락은 아니니 공정하지
않은 것은 아니다.

제3 시험으로 진출하지 못하는 경우의 수는 하나.

조가 전멸 판정을 받는 것뿐.

임무에 실패하더라도 무사 복귀를 한다면 반은 성공한 것
으로 친다.

'그래도 볼만하겠네.'

이 나라 최고의 학관은 과연 성무학관인가? 아니면 계명학
관인가?

그렇게 한참을 노려보던 전미도는 이서하와 눈을 마주치
자 고개를 돌리고는 외쳤다.

"자, 전부 확인했으면 모두 조를 만들어 앞에 모여라!"

그녀의 말대로 모두가 조를 만들어 전미도의 앞에 섰다.

"각자 임무를 배정하겠다. 임무가 시작되면 시험관들이 따라다니며 모든 선택과 행동에 점수를 매길 것이다. 또한 혹시나 모를 상황을 대비해 너희의 안전도 책임질 것이니 만약의 사태에는 시험관의 명령에 따르라."

시험관의 역할은 크게 두 가지.

채점과 안전이었다.

마수의 기습 같은 것에 반응하지 못하는 생도들도 있기 마련이다.

그런 경우에는 시험관이 도와준 뒤 알맞은 평가를 내린다.

"시험에 영향을 주지 않는 시험관들은 모두 흰색 옷을 입고 있을 것이다. 혹시나 이들을 보더라도 무시하면 된다."

전미도 옆에 서 있던 무사가 손을 흔들었다.

흰색을 입은 이유는 혼란에 빠진 상태에서도 생도들이 시험관을 잘 발견할 수 있게 하기 위함이었다.

산속은 온통 초록색, 갈색뿐이니 말이다.

"그럼 각자 위치로 가라."

생도들이 모두 각자 임무 시작 위치로 이동하고 전미도는 부하들을 돌아보며 외쳤다.

"자, 실수 없이 완벽하게 끝내자. 알았나?"

"네!"

시작부터 삐걱거렸으나 전미도는 이번 무과를 완벽하게 치를 생각뿐이었다.

자신의 인생에 단 하나의 오점도 남지 않도록 말이다.

◆ ◈ ◆

"이야, 조 완벽하다. 저 선인님이 뭘 좀 아네."

상혁이는 조 편성에 만족한 듯 고개를 끄덕였다. 민주 역시 신이 난 듯 임무 시작 장소로 향하며 손뼉을 쳤다.

"우리 이대로면 진짜 만점으로 통과도 가능한 거 아니야?"

"방심하지 말자. 우리는 단순히 통과만 노리고 있는 게 아니잖아."

"아, 응. 미안······."

지율이의 말에 민주가 풀이 죽어 눈치를 본다.

하지만 지율이 말이 정답이다.

하급 무사가 되기는 쉬워도 중급, 더 나아가 상급 무사로 통과하기란 매우 힘든 일이었다.

그때 상혁이가 나에게 물었다.

"그나저나 우리 임무는 뭐야?"

"여기."

임무 설명서를 본 상혁이는 고개를 갸웃했다.

"구출 임무?"

우리 조가 받은 임무는 요원 구출.

흔한 임무였다.

원정대가 돌아오지 않으면 이들을 구출하기 위한 부대가 출격하기 마련이니까.

하지만 흔한 임무라고 해서 난도가 낮은 것은 아니다.

상혁이는 임무 설명서를 읽어 보다 말했다.

"정보가 거의 없네."

임무 설명서에는 구출해야 하는 요원에 대한 기본적인 정보만이 적혀 있었다.

축지대의 김철수라는 이름, 성별 그리고 주소뿐.

그를 찾는 데 도움이 될 만한 정보는 아니었다.

유일한 단서라고는 그가 있을 것으로 예상되는 장소뿐이었으나 그 예상되는 장소마저도 너무나도 방대해 없는 것이나 다름없었다.

"구출 임무가 다 그렇지. 어쩔 수 없어. 그걸로 찾아야지."

원래 요원 구출 임무가 이렇다.

내가 첫 임무를 떠났던 거도대도 나를 비롯한 생존자가 돌아오지 못했다면 다른 원정대가 목숨을 걸고 구하러 왔을 것이다.

아무런 정보도 없이 말이다.

오지로 떠나는 원정대의 특성상 그들을 찾을 수 있는 정보는 한정적일 수밖에 없다.

거기에 무과에는 한 가지 함정이 더 있다.

"우리와 정반대의 임무를 받은 조도 있을 거야. 그들보다 빨리 움직여야 해."

모의 임무 시험은 일종의 경쟁 요소도 들어가 있다.

예를 들어 내가 받은 임무가 요원 구출이라면 누군가는 요원 제거라는 임무를 받았다는 뜻이었다.

물론 구출해야 하는 요원과 제거해야 하는 요원은 동일 인물이다.

현실에서는 그러한 상황이 많지 않겠지만 애초에 모의 임무란 극한의 상황을 설정해 놓고 시험하는 것이었으니 불평할 수 없다.

"정반대의 임무?"

"응. 그리고 아마도 최도원 조겠지."

보통 실력이 비슷한 조끼리 서로 반대되는 임무를 맡는다.

아무리 생각해도 우리 조와 비슷한 실력을 갖췄다고 평가되는 조는 최도원 조 하나뿐이었다.

그렇게 작전 회의를 하는 사이 임무 시작을 알리는 북소리가 울려 퍼지기 시작했다.

"그럼 시작하자."

나는 바로 속도를 올려 비석산으로 돌입했다.

비석산은 왕국에서도 알아주는 비경(祕境)을 자랑했다.

마치 누군가 일부러 깎아 놓은 것처럼 아름다운 절벽과 계곡이 많았고 그나마 있는 길도 일반인들은 기어올라야 할 정도로 가파르다.

그렇기에 나는 이곳에서도 꽤 오랫동안 생활을 했었다.

'숨을 곳이 많은 지역이었으니까.'

전투 중 비석산으로 도망치면 나찰도 혀를 차며 포기할 정도였다.

덕분에 한동안은 비석산에 은거하며 도적 생활을 했었고 역시나 지형은 외워 두었다.

'내 장점이 그것밖에 없었지.'

길잡이 역할이라도 똑바로 하지 못하면 난 산채에서 쫓겨났을 테니 필사적이었다.

덕분에 지금은 누구보다 빨리 산을 오르고 있었다.

거기다 아무런 정보도 없는 상황에서 전가은을 찾아냈던 박민주까지 있다.

"저기! 핏자국!"

박민주가 피가 묻은 작은 바위를 발견하고는 외쳤고 나는 그 근처로 가 발자국을 살폈다.

한쪽 발자국이 더 선명하게 남아 있다.

이는 이 발자국의 주인이 다리를 절뚝였다는 소리다.

"이쪽이다."

다친 사람의 흔적이라면 우리가 찾는 요원일 가능성이 크다.

제대로 가고 있는 것만 같다.

그렇게 반나절이 넘게 박민주가 찾은 흔적대로 이동하자

저 멀리 한 남자가 눈에 들어왔다.

나무에 기대 누워 있던 남자는 나를 발견하고는 벌떡 일어나며 말했다.

"지원군인가? 오, 신이시여."

남자는 절뚝거리며 나에게로 다가왔다.

생각보다 일이 잘 풀리자 신난 상혁이가 말했다.

"벌써 찾은 거야? 첫날인데? 민주 너 진짜 대단한데?"

"그, 그래? 고마워."

박민주는 얼굴을 붉히며 시선을 돌렸다.

제2 시험은 보통 며칠씩 걸리기에 상혁이 말대로 첫날에 주목표를 완수하는 건 대단한 일이었다.

만약 저 사람이 우리가 찾는 그 요원이라면 말이다.

"네, 지원군입니다. 괜찮으십니까?"

상혁이는 앞장서서 요원에게 다가갔고 그 뒤를 박민주가 조심스럽게 따랐다.

하지만 나는 그런 두 사람의 뒷덜미를 잡아 끌어당겼다.

"잠깐, 잠깐."

"왜 그래? 저분 다치신 거 같은데 빨리 도와 드려야지."

"그냥 다리를 절뚝일 뿐이야."

별로 큰 부상을 입은 거 같아 보이지도 않는다.

"거기다……."

나는 남자에게 말했다.

"신분을 밝혀 주십시오."

"신분? 아, 그래. 난 축지대(縮地隊)의 김철수라고 한다."

축지대의 김철수.

적어도 소속 부대와 이름은 우리가 찾는 요원과 일치했다.

김철수의 말을 들은 민주는 불안한 눈빛으로 나를 바라봤다.

"우리가 찾는 요원 맞는데…… 아니야?"

이 순진한 것들.

난 고개를 절레절레 흔들며 물었다.

"신분증을 보여 주십시오."

일에는 절차가 있다.

우린 구출해야 하는 요원이 어떻게 생겼는지, 어떤 사람인 지를 모른다. 막말로 지금 눈앞의 요원이 정말 김철수인지, 아니면 그를 죽이려다 다친 인물인지 어떻게 확신하겠는가?

그렇기에 요원 구출은 위급한 상황이 아닌 이상 신분증 확 인이 필수였다.

"신분증? 아, 그건 격한 전투 중에 잃어버렸다."

"그럼 주소를 알려 주십시오."

"……"

난 임무 설명서를 다시금 열어 보았다.

김철수의 주소.

그것은 그를 찾는 데 필요한 정보는 아니었다.

하지만 정말 만약에 그가 신분증을 잃어버렸다면 신분을

확인하는 유일한 정보가 되어 줄 수 있다.

임무 설명서에 쓸모없는 내용은 없다.

나는 침묵하는 김철수를 바라보다 입을 열었다.

이거, 아무래도 내 예상이 맞았다.

"셋, 둘, 하나."

초읽기가 끝나고 나는 친구들에게 말했다.

"포위해."

내 말에 아린이와 지율이가 바로 김철수의 퇴로를 막았고 뒤이어 상혁이와 민주가 움직였다.

그렇게 포위된 김철수는 인상을 쓰고 있다가 갑자기 가슴을 움켜잡고 쓰러졌다.

"크헉!"

친구들이 당황하는 것도 잠시.

바닥에 죽은 듯 쓰러져 있던 김철수가 벌떡 일어나고는 종이를 꺼내 무언가를 적기 시작했다.

"이서하, 유아린, 주지율 10점 만점에 8점. 그리고 한상혁, 박민주는 0점이다."

"……."

상혁이와 민주의 표정이 볼만했다.

시험관은 뒤이어 왜 나와 아린이, 그리고 지율이가 8점인지를 설명했다.

"너희들이 8점인 이유는 나를 포위했기 때문이다. 수상한 사람을 제압할 때는 빠르게 사지를 포박하도록 하라. 안 그러면 자결할 위험이 있다. 그 결과 난 자결했고 너희는 정보를 얻을 수 없다."

거기에 나는 한마디를 보탰다.

"적의 실력을 알지 못하는 상태로 싸움을 시작하면 위험할 수도 있다고 생각했습니다."

"일리 있는 말이다. 부대의 안전을 생각하고 한 행동이라면 1점 올려 9점을 주도록 하지. 하지만 정보가 더 중요하기에 10점은 줄 수 없다. 부대의 안전은 부대의 목표보다 우선될 수 없는 걸 명심해라."

"명심하겠습니다."

개소리다.

죽으면 누가 알아주냐?

하지만 시험관에게 그런 말을 할 수는 없으니 일단 1점을 올린 것만으로 만족하자.

"그럼 계속 진행하도록."

시험관이 사라지고 상혁이와 민주는 넋이 나간 듯 입을 벌리고 서 있었다.

"뭐야? 이게?"

뒤통수 맞은 기분일 것이다.

나도 맨 처음에는 상혁이와 민주처럼 행동했다가 바로 기습당해 사망 판정을 받았었다.

그럼 시험은 거기서 끝이다.

나는 망연자실한 두 사람에게 어깨동무하며 말했다.

"뭐긴 뭐야? 다 연극이지. 너무 몰입하지 마. 여기 진짜로 다친 사람 없어."

"와, 나 진심으로 걱정했는데. 연기 진짜 잘하시네."

"그러니까. 나도 완전히 속았어."

연기를 잘한 거 같지는 않은데 말이야.

저 둘을 속이는 건 누구나 가능하지 않을까?

"쯧쯧, 무과가 그렇게 쉽겠냐?"

전장이란 서로 속고 속이는 약육강식의 세계. 무과는 온실 속의 화초였던 생도들에게 그것을 가르쳐 주는 곳이었다.

"자자, 정신 똑바로 차려. 다시 움직인다."

진정한 무과는 이제부터 시작이었다.

"이서하. 조장으로서 완벽한 대처."

채점은 한 명의 시험관이 하는 것이 아니었다.

조마다 최소 세 명 이상의 시험관이 따라붙었다.

무과는 시험관 여러 명이 채점을 해 최고점과 최저점을 제외한 평균점을 내는 방식이었다.

이 시험관은 이서하에게 만점을 주었다.

수상 인물을 제압하는 과정에 아쉬운 점이 있었지만 조원들의 안일한 행동에도 빠르게 대처한 점에서 가산점을 준 것이었다.

"소문이 완전 헛된 건 아니었네."

국왕 전하가 총애하는 이유를 조금은 알 것만 같았다.

추적 속도부터 경로 선택까지 뭐 하나 빠지는 것이 없었다.

될성부른 나무는 떡잎부터 알아본다고 하지 않던가.

고작 반나절이었으나 많은 무과 지원자들을 본 시험관은 이서하의 특별함을 알아보았다.

"이번 무과는 재밌겠어."

이서하 조와 최도원의 조가 부딪쳤을 때 어떤 모습을 보여 줄지가 기대되었다.

그 순간 시험관의 뒤로 누군가 다가오며 말했다.

"그래, 재밌을 거야."

시험관이 화들짝 놀라 뒤를 돌아보려는 순간 누군가 그의 목을 잡아 꺾었다.

뚜둑! 하는 소리와 함께 시험관이 들고 있던 작은 붓과 채점지가 떨어졌다.

"넌 볼 수 없겠지만."

김희준은 빙긋 미소를 지으며 시험관을 눕히고 그의 옷을 벗겨 입기 시작했다.

"이번에는 흰색인가? 나 때는 붉은색이었는데."

시험관으로 변장을 완료한 김희준은 이서하 조가 사라진 언덕을 바라봤다.

무과 시험 장소는 신태민을 통해 알아냈다.

시험관 중 신태민의 사람이 있었기에 알아내는 건 그리 어렵지 않았다.

시체를 보이지 않게 잘 숨긴 김희준은 주변에 대고 말했다.

"다들 잘 처리했나?"

"처리했습니다."

김희준은 정예 부하 10명을 데리고 잠입했다.

이들은 이서하 근처의 시험관들을 전부 처리한 뒤 백의로 갈아입은 뒤였다.

이제 아무런 의심 없이 돌아다닐 수 있다.

"그래, 그래. 먼저 이서하를 죽이고 사냥 대회를 시작해 보자고."

김희준과 같은 취미를 공유하는 이들은 행복한 얼굴로 고개를 끄덕였다.

그렇게 김희준과 그의 부하들은 마치 사냥터라도 온 것처럼 가벼운 발걸음으로 사냥을 시작했다.

'뭔가 따라오는 시험관들이 많아진 느낌인데?'

조금 전까지만 하더라도 다섯 정도만 따라오던 시험관의 수가 늘어났다.

'중간에 합류했나?'

다른 조가 탈락해 인원수에 여유가 생겼을 수도 있으니 신경 쓰지 말자.

일단은 시험에 집중하는 것이 중요했다.

계속해서 산 깊은 곳으로 이동하던 중 해가 넘어가기 시작했고 나는 바로 작은 횃불을 만들어 불을 붙였다.

요원 구출은 촌각을 다투는 임무기에 밤이 되었다고 발을 멈췄다가는 감점이 된다.

누군가를 살리기 위해 내 목숨을 거는 것.

그것이 요원 구출 임무였다.

그렇게 달이 중천에 떠오를 때쯤 저 멀리 나무에 기대 누워 있는 남자가 눈에 들어왔다.

남자는 나를 발견하고는 몸을 일으키다 입을 열었다.

"누구냐?"

정말로 지친 듯한 얼굴.

아니, 온종일 저기서 저러고 있었을 테니 당연히 지쳤을 테지만 그것을 고려하더라도 연기가 신들린 수준이다.

하긴, 연기를 못하는 사람에게 임무에 직접적으로 관여하는 역할을 줄 리가 없지.

몰입은 중요한 요소니까.

나 역시 약간은 몰입한 상태로 말했다.

"축지대 김철수 무사님이십니까?"

"맞다. 그쪽은⋯⋯."

"지원 나왔습니다. 신분증을 확인할 수 있을까요?"

"여기 있다."

남자는 신분증을 던져 주었다.

소속 부대와 이름, 그리고 뒷면에는 주소가 적혀 있다.

찾았다.

다행히도 요원 제거 임무를 맡은 조가 먼저 도착하지는 않은 모양이다.

쉬지 않고 최단 거리로 달린 것이 정답이었다.

"확인했습니다. 바로 보호하겠습니다."

나는 남자에게 다가가 상처를 살폈다.

분장일 뿐이지만 진짜 상처라고 생각하고 대처해야만 했다.

복부에 자상, 그리고 다리는 부러져 못 쓰는 상태.

알맞은 처리를 해야만 만점이다.

"지혈 다시 하겠습니다."

나는 헝겊을 이용해 자상 부위를 지혈한 뒤 부러진 다리를 부목으로 고정했다.

"나한테 업혀 줘."

상혁이와 지율이의 도움을 받아 요원을 업은 뒤 내 몸에 고정했다.

이제 이대로 무사히 복귀하면 제2 시험도 좋은 점수로 통과할 수 있을 것이었다.

'제3 시험 비무에서 이기고, 마지막 사상 검증 시험까지 완벽하게 통과하면 상급 무사로 시작할 수 있겠지.'

완벽하다.

하지만 그때였다.

"뭐야? 선객(先客)이 있는데?"

"선객?"

최도원의 목소리였다.

이윽고 나와 눈을 마주친 최도원은 살짝 인상을 쓰고는 혀를 차며 말했다.

"뭐야? 또 너냐?"

"그렇게 됐네."

예상대로 나와 반대 임무를 맡은 조는 바로 최도원의 조였다.

녀석은 나한테 업힌 남자를 보고는 말했다.

"그 사람이 축지대의 김철수냐?"

"맞아."

"그럼 내려놔라."

"그럴 수는 없지. 우리 임무는 이 사람 구출이거든. 너희 임무는 이 사람을 죽이는 것이겠지. 안 그래?"

"그래, 정답이다. 그런데 그 이유는 아나?"

"몰라. 알 필요도 없고."

"아니, 알아야 할걸? 축지대, 김철수. 역모에 가담한 자다. 그 사람을 구출하는 건 너희도 역모에 가담하는 셈이야. 그러니 그냥 내려놓고 꺼져."

"……."

쓸데없이 세세한 설정이었다.

하지만 이 모든 설정에 대응하는 것 또한 시험의 일부분이었다.

역모라는 말에 상혁이와 민주는 침을 꼴깍 삼켰고 아린이와 지율이마저 약간은 혼란스러운 듯 나를 바라봤다.

"서하야, 만약 최도원 말이 사실이라면 여기서 넘겨주는 게 정답일 수도 있어."

아린이가 말하자 최도원이 그것을 듣고 외쳤다.

"만약이 아니야. 사실이다. 원한다면 임무 설명서를 보여 줄 수도 있어."

최도원은 말을 끝내기가 무섭게 임무 설명서를 꺼내 흔들었다.

상혁이가 조심스럽게 그것을 받아 확인한 뒤 나에게 고개를 끄덕여 주었다.

"사실이야. 서하야."

"그냥 내려놓고 돌아가. 귀찮게 하지 말고."

최도원은 의기양양하게 말했다.

하지만 나는 이러한 상황에서 어떤 행동이 정답인지를 잘 알고 있었다.

난 단호하게 말했다.

"목표는 넘기지 않는다. 일단 임무를 진행한 뒤 사후 처리는 군에 맡긴다."

무사는 명령에 죽고, 명령에 산다.

난 내가 받은 명령만 수행하면 될 일이다.

내가 결정내림과 동시에 지율이가 바로 대답했다.

"조장의 명령대로!"

주지율이 창을 뽑아 들며 최도원 조의 앞을 막았고 동시에 상혁이도 쌍검을 뽑았다.

"후회할 텐데."

최도원이 고개를 까닥이자 정시은과 임윤호가 지율이, 그리고 상혁이에게 달려들었고 최도원은 그 틈에 나를 향해 달려왔다.

나는 바로 몸을 돌려 도망치기 시작했다.

'에이, 한주먹 거리인데.'

도망치는 이유는 간단하다.

요원을 보호하는 것이 우선이기 때문이다.

여기서 최도원을 제압하려 한다면 그것만으로도 평가가 떨어질 것이 분명했다.

전투를 시작하는 순간 요원을 위험에 빠트리는 셈이었으니 말이다.

내 임무는 어디까지나 요원을 안전하게 데리고 돌아가는 것.

임무에서 좋은 평가를 듣기 위해서는 무엇이 중요한지를

정확하게 알아야 한다.

그러한 사실을 아는지 모르는지 최도원은 나를 도발하기 시작했다.

"도망치는 거냐? 성무학관 수석이 그렇게 겁쟁이인지는 몰랐는데."

나는 대꾸하지 않았고 최도원은 계속해서 말을 이어 갔다.

"하긴, 공부만 하는 샌님이 우리 계명의 상대가 되겠느냐? 청신이라는 이름이 울겠다. 네 할아버지가 창피해서 얼굴을 못 들고 다니시겠다!"

저 새끼가…….

하지만 저런 허접한 도발에 넘어갈 수는 없다.

부모 욕은 물론 상상할 수도 없는 음담패설이 오가는 곳이 전쟁터이니 저런 도발은 애들 장난이다.

그렇게 달리기를 한참.

최도원의 조는 어떻게든 나를 잡기 위해 달려오고 있었고 내 친구들은 이들을 막기 위해 치열한 전투를 벌였다.

'다른 애들이 당할 일은 없으니 나만 빠져나가면 끝이다.'

상혁이와 지율이의 실력은 동급생에게 당할 정도가 아니다.

나만 무사히 빠져나가면 임무는 끝.

만점을 받을 수 있을 것이다.

그렇게 생각하며 속도를 올릴 때였다.

내 눈앞에 백의를 입은 시험관이 나타났다.

허리에는 얇은 환도가 채워져 있었고 등에는 거대한 중검을 차고 있다.

일반적인 시험관이라고 하기에는 특이한 행색.

'뭐지?'

전투가 너무 치열해 중재하려는 것일까?

그것은 아니다.

시험관들은 어느 정도 승패가 갈렸다고 생각할 때만 나와 한쪽에 사망 판정을 내린다.

아직은 치열하게 싸우는 중.

시험관이 나설 때가 아니었다.

'그런데 왜 길을 막고…….'

그렇게 생각하는 순간 살기가 나를 덮쳐 왔다.

'……!'

시험관이 뽑은 환도가 나의 눈으로 날아들었다.

살기를 감지한 이상 어떻게 반응은 했으나 중심이 무너져 바닥을 구를 수밖에 없었다.

"크윽!"

내리막길을 몇 번이나 구른 나는 등 뒤가 허전한 것을 느끼고 주변을 돌아봤다.

요원을 연기하고 있던 시험관이 당황한 듯 자리에서 일어나 백의의 시험관을 마주했다.

"너 이 새끼! 무슨 짓이야?"

그 순간 시험관이 요원 역할을 하던 남자의 목을 잘랐다.

상급 무사인 시험관이 반응조차 할 수 없을 정도로 빠른 공격.

"……."

그 광경을 본 최도원의 조와 내 친구들이 모두 발을 멈추었다.

목이 바닥으로 굴러떨어지고 시험관은 미소를 지으며 나에게 말했다.

"그걸 피할 줄이야. 진심이었다고. 아저씨, 상처받았어."

달빛에 얼굴이 드러난 시험관은 내가 아는 인물이었다.

성도가 자랑하는 무사이자 전쟁귀(戰爭鬼).

아군이든 적군이든 마음에 안 들면 베어 버리는 광인(狂人).

"김희준……."

성도 김씨라는 것만으로도 그가 나를 노리고 왔다는 것을 알 수 있었다.

'언젠간 올 거라고 생각했지만…….'

무과 중에, 그것도 김희준이 올 줄은 꿈에도 상상할 수 없었다.

그렇게 멍하니 김희준을 바라보고 있을 때 최도원이 입을 열었다.

"지금 이게 무슨……!"

당황한 얼굴로 상황을 살피던 그는 표정을 굳히며 말했다.

"신성한 무과에 이게 무슨 짓이야!"

최도원은 소리를 지르며 김희준에게 달려들었다.

안 된다.

이대로면 최도원이 죽는다.

"어이쿠, 어린 친구가 목청도 좋아."

김희준은 빙긋 웃으며 등 뒤에 메고 있던 중검(重劍)을 꺼내 최도원의 검을 쳐 냈다.

"어?"

양팔이 올라가 만세를 부르는 모양새가 된 최도원.

단 한 합 만에 승부가 났다.

"……근데 실력은 별로네."

김희준이 검을 내리치려는 순간 난 극양신공을 발동해 최도원을 향해 달려갔다.

겨우겨우 최도원의 가슴을 발로 차 날린 나는 그를 대신해 김희준의 공격을 막았다.

"크윽!"

무겁다.

극양신공을 발동했으나 김희준의 검은 말로 설명할 수 없을 정도로 무거웠다.

다리가 떨리고 관절이 꺾인다. 힘을 빼 흘려 낼 수도 없고, 밀어낼 수도 없다.

'이대로 반으로 갈라져 죽는가?'라는 생각이 들 때였다.

"……건드리지 마라."

어느새 김희준의 옆으로 파고든 아린이가 주먹을 내질렀다.

평! 하는 소리와 함께 김희준이 옆으로 밀려나고 나는 겨우 자세를 다잡았다.

아린이는 주먹과 김희준을 번갈아 보며 말했다.

"정확하게 때렸는데……."

김희준은 아무렇지 않은 듯 옆구리를 털어 내고 있었다.

"어떻게 서 있지?"

"저런 놈이야."

말 그대로 애초에 고통을 못 느끼는 사람이다.

난 육감으로 주변에 시험관이 있는지를 확인했다.

10명이나 되는 시험관이 느껴졌으나 아무도 움직이지 않는다.

즉, 10명 모두 김희준의 부하라는 소리였다.

'아까부터 따라오던 이들 모두 시험관이 아니었구나.'

나만 죽일 생각이 아니다.

아마 이것을 목격한 모두를 죽이겠지.

김희준의 성격이라면 그 이상을 죽일 수도 있다.

판이 깔리면 최대한 많은 수를 죽이는 자였으니까.

생각을 마친 나는 친구들에게 외쳤다.

"주지율! 한상혁! 박민주! 다른 애들 대피시켜. 빨리!"

"잠깐. 난 도망칠 생각……."

최도원이 외쳤으나 나는 한숨과 함께 말했다.

"야. 이게 애들 장난 같아? 구해 주는 건 한 번뿐이야. 네 목숨이나 챙겨라."

최도원은 입을 바로 다물었다.

한 번 죽을 뻔했으니 이 정도면 알아들었을 것이다.

"아린아. 너는 좀 부탁할게."

혼자서는 김희준을 어떻게 할 수가 없다.

그렇다면 내 옆에서 싸울 수 있는 사람은 하나뿐이다.

"그 말을 기다렸어."

아린이는 웃으며 음기를 폭발시켰다.

마수들이 울부짖는 소리와 함께 스산한 바람이 불어왔다.

아린이의 머리가 나찰처럼 새하얗게 변하고 그와 동시에
난 양기를 폭발시켰다.

"호오, 이거 생각보다 미친놈들인데?"

적어도 그쪽이 말할 소리는 아닌 거 같은데 말이다.

김희준은 흥분한 얼굴로 말했다.

"재밌게 한판 해보자."

"에휴."

정말로 쉬운 일이 하나도 없다.

Chapter 43.

Chapter 43.

최도원은 이서하와 유아린을 보며 경악했다.

'저게 뭐야?'

소름이 돋을 정도로 강한 기운이었다.

그렇다면 지금까지 자신을 가지고 놀았다는 것인가?

실력을 숨기고, 평범한 생도처럼 행동하며 수준 맞춰 놀아
줬다는 것인가?

순간 얼굴이 화끈해졌다.

그런 것도 모르고 까분 자신이 창피해 쥐구멍에라도 숨고
싶었다.

"저 두 사람은 도대체……?"

최도원이 멍하니 말할 때 한상혁이 외쳤다.

"방해되니까 빨리 움직여!"

그의 말대로였다.

방해만 될 것이 뻔하기에 최도원은 입을 다물고 바로 몸을 돌려 도망치기 시작했다.

부끄러웠다. 저 전투에 낄 엄두조차 내지 못하는 자신이 한심스러워 미칠 것만 같았다.

"이서하……."

인정할 수밖에 없을 정도로 압도적인 실력을 갖춘 이는 동경할 수밖에 없다.

이제야 알겠다.

자신이 어떤 길을 가야 할지.

그리고 누구를 따라가야 하는지를 말이다.

황금빛과 은빛이 숲을 환하게 밝혔다.

나와 아린이를 본 최도원 조의 표정이 굳어졌다.

이해는 간다.

둘 다 처음 보는 광경일 것이다.

나이가 좀 있는 무사들은 그나마 양기 폭주를 경험해 본 적이 있을 수 있지만 약관도 되지 않은 저 아이들이 이 정도의 양기 폭주를 본 것은 처음일 것이다.

거기다 아린이.

이 정도 음기는 나찰만이 내뿜을 수 있는 것.

그건 아무리 어려도 무사라면 눈치를 챌 수밖에 없었다.

"저 두 사람은 대체……."

최도원이 멍하니 말할 때 상혁이의 목소리가 들렸다.

"방해되니까 빨리 움직여!"

최도원이 고개를 끄덕이고 물러나기 시작했다.

그래도 이성적 판단이 가능한 친구라 다행이다.

하지만 쉽지는 않을 것이다.

"이런, 이런. 난 한 놈도 살려 둘 생각이 없는데. 애들아. 사냥 시작이다."

김희준의 말과 동시에 뒤에서 보고 있던 10명의 무사가 친구들을 향해 달려들었다.

내가 저것까지 막을 방법은 없다.

하지만 걱정하지 않는다.

"알아서 살아남겠지."

나만의 성장을 도모했다면 최대의 위기였을 것이다.

기껏 모아 놓은 최고의 재능이 다 죽었을 테니까.

하지만 이제는 괜찮다.

이런 때를 위해 내가 아는 모든 것을 저들에게 알려 주었으니 말이다.

"윽!"

김희준의 부하 중 하나가 화살에 맞아 어깨를 부여잡으며 쓰러졌고 주지율과 한상혁이 각각 셋이 넘는 무사들을 맡았다.

"뒤는 우리가 막는다. 도망쳐!"

최도원의 조가 무사히 도망치는 것을 본 나는 바로 천광을 힘껏 쥐며 김희준을 향해 달려들었다.

양기 폭주에는 시간제한이 있다.

천우진을 상대로도 시간제한에 걸려 패배할 뻔했었으니 이번에는 정말 빨리 끝내 버려야만 한다.

다행히도 내 옆에는 아린이도 있다.

'모든 것을 쏟아붓는다.'

나는 이를 악물고 검을 휘둘렀다.

낙월검법을 기반으로 한 변화무쌍한 연격.

하지만 김희준은 여유롭게 환도와 중검을 이용해 막아 냈다.

"우오오오오오!"

나는 속에 담은 열기를 뿜어내듯 소리를 내질렀다.

근육이 돌처럼 점점 딱딱해지고 폐에 담아 두었던 숨이 전부 빠져나가는 기분이 들었다.

하지만 멈춰서는 안 된다.

어떻게든 온 정신을 나에게 집중시켜야만 한다.

그리고 담아 두었던 모든 숨이 빠져나가는 순간 아린이가 움직였다.

화강신법(花鋼身法), 낙화(洛花).

김희준의 뒤를 잡은 아린이는 있는 힘을 다해 연격을 날렸다.

머리부터 무릎까지.

마치 떨어지는 꽃처럼 화려하게 전신을 공격하는 기술.

퍼퍼퍼퍼퍼퍼퍼퍼퍽!

살벌한 소리와 함께 모든 공격이 급소에 들어갔고 나는 김희준을 올려 보았다.

아무리 김희준이라도 급소를 저렇게 공격당하면…….

"후우."

김희준은 무표정하게 고개를 돌릴 뿐이었다.

"이 미친…….."

아무리 고통을 느끼지 않아도 저게 가능해?

김희준은 고개를 돌려 아린이를 보며 씩 웃었다.

"안마라도 해 준 거냐?"

난 다시 숨을 들이마시며 공격을 이어 가려고 했으나 이미 아린이를 향해 몸을 돌린 뒤였다.

"그럼 답례를 해야지."

김희준은 중검을 내려쳤다.

다행히도 아린이는 김희준의 손목을 잡아 막은 뒤 바로 그의 팔에 다리를 휘감아 꺾었다.

화강신법은 권법을 주로 수련하지만 신법(身法)이라고 불리는 만큼 전신을 사용한 공격기를 다수 배운다.

관절기 또한 그중 하나.

빠각! 소리와 함께 김희준의 팔꿈치가 빠지는 소리가 났다.

아무리 고통을 느끼지 않더라도 관절이 빠지면 움직임이 제한될 수밖에 없다.

하지만 김희준은 표정 하나 변하지 않고 자신의 팔을 통째로 내려쳤다.

"커헉!"

땅에 균열이 가는 것과 함께 아린이가 피를 토했다.

통하지 않았다.

관절기라 한들 저 고통을 느끼지 못하는 괴물한테는 아무런 소용이 없었다.

"아린아!"

나는 김희준이 마무리 일격을 날리기 전에 검을 치켜들었다.

낙월검법, 천양겁화(天壤劫火).

낙월검법의 비기 중 하나.

김희준이 고개를 돌림과 함께 검붉은 불꽃이 그를 휘감았고 그 순간을 틈타 나는 아린이를 안아 들고 달리기 시작했다.

'살아남기만 하면 승리다.'

난 언제나 판단이 빨랐다.

김희준을 죽이는 건 포기다. 어차피 죽지만 않으면 내 승리가 아닌가?

나는 혹시나 김희준이 친구들을 인질로 삼을까 친구들이

도망친 방향의 반대로 달리기 시작했다.

그때였다.

"어딜 가니?"

불 속을 빠져나온 김희준이 내 바로 뒤에서 콧노래를 부르며 따라오고 있었다.

식은땀이 흐른다.

금수란 때와는 또 다른 공포감.

안 그래도 양기 폭주 때문에 두근거리는 심장을 진정시키며 나는 냉정함을 유지하기 위해 애썼다.

'비석산 지리, 비석산 지리……'

어디로 도망쳐야 살아남을 수 있을까?

이 비석산에서 어디를 가야만 저 김희준의 마수에서 벗어날 수 있을까?

'요원을 발견한 곳에서 이쪽으로 가면……'

상황이 상황인 만큼 생각이 잘 나질 않는다.

뭐가 있더라.

이쪽에는…….

그리고 그 순간이었다.

"후우."

눈앞의 땅이 꺼져 있다.

비석산(碑石山).

비석이 서 있는 것과 같다고 해서 붙은 이름.

그 이름에 걸맞게도 갑작스럽게 나타났다.

'그래, 여기 절벽이 있었지. 내 기억에 따르면 이 밑에는……'

도착하고 나서야 떠오른다.

나는 아린이를 나무에 기대 눕힌 뒤 말했다.

"회복하고 있어. 어떻게든 막아 줄게."

이제 김희준을 뚫어 내는 방법밖에 없다.

김희준은 볼을 어루만지며 말했다.

"이건 또 색다른 기분이었어. 불에 타는 거 말이야."

볼은 물론 양팔에도 화상을 입은 듯 보였으나 뭐가 좋은지
김희준은 미소를 짓고 있을 뿐이었다.

"좋은 생각이 났어. 너의 사지를 부러트린 뒤, 네 앞에서 저
여자애를 고문하는 거야. 한쪽은 육체적 고통에 울부짖고, 나
머지 하나는 정신적 고통에 울부짖겠지. 어때? 한 번에 두 가
지를 즐길 수 있다고."

"……아주 변태적인 성향을 가지고 있네. 네 조카도 그러
던데."

"진짜로 지환이를 네가 죽인 거야?"

나는 어깨를 으쓱했다.

그러든 말든 날 죽일 생각이었으니 대답해 줄 필요도, 거짓
말할 필요도 없다.

김희준은 킥킥거리며 말했다.

"재밌네. 그래, 조카 복수는 해 줘야지."

김희준은 키득거리다 말을 이어 갔다.

"네놈들이 울부짖는 걸 보면 나도 고통을 이해할 수 있지 않을까?"

김희준은 환도를 버리고는 중검을 양손으로 잡았다.

뒤로 물러날 곳은 없고 옆으로 피하기에는 너무나도 빠른 일격이었다.

나는 자세를 바로잡고 천광을 들어 올려 막았다.

쾅! 하는 소리와 함께 힘겨루기가 시작되고 나는 이를 악물었다.

"끄으윽!"

무릎이 꺾인다.

김희준의 괴력에 대해서는 말이 많았다.

하지만 그가 전사한 뒤 살펴본 몸에는 성한 곳이 없었다고 한다.

온몸의 뼈가 부서져 있었으며 근육은 전부 파열된 상태.

즉, 김희준은 항상 신체의 한계를 넘어선 힘을 내고 있었다는 뜻이었다.

고통이 없기에, 한계도 없다.

물리적 양기 폭주나 다름없는 상태라는 것이다.

'서로 몸을 혹사하는 것이라면……'

오직 자신의 쾌락 따위를 위해 싸우는 김희준한테 질 수는 없는 법이다.

"우오오오오오!"

나는 극양신공의 수준을 끝까지 끌어올렸다.

적오의 심장까지 먹은 내가 질 수는 없다.

누구의 몸이 더 오래 버티는지 한번 해보자.

"음?"

나의 두 다리가 다시 펴지자 김희준이 미간을 찌푸렸다.

"그래, 그래. 그래야지. 그 정도는 해야 내가 나선 보람이
있지."

김희준의 이마에 핏줄이 서기 시작했고 그의 근육이 터질
듯 부풀어 올랐다.

하지만 그럴수록 나의 몸은 더욱 진한 황금빛으로 빛날 뿐
이다.

내가 죽든, 네가 죽든, 아니면 둘 다 죽든.

한번 끝까지 가 보자.

내 다리가 끝까지 펴지고 나는 김희준의 검을 서서히 밀어
내기 시작했다.

"으으으아아아아아아아!"

당황한 김희준이 한계를 넘어서 기합을 지르는 순간이었다.

그그그그극!

불안한 소리와 함께 발밑이 내려가기 시작했다.

그리고 나의 몸이 뒤로 넘어갔다.

"어?"

망할.

김희준과 나의 힘겨루기를 땅이 버티지 못하고 무너져 내리기 시작했다.

팽팽한 균형이 무너지며 김희준의 검이 허공을 가른다.

다행이라고 해야 할까? 뒤로 이미 넘어가고 있던 나는 의도치 않게 검을 피했다.

"안 돼······."

김희준은 허망한 얼굴로 외쳤다.

"안 된다고오오오!"

그건 내가 하고 싶은 말이다.

이대로 떨어지면 살아남을 수 있을까?

자세도 무너졌기에 속도를 줄이는 것도 힘들다.

수많은 생각이 스쳐 지나갈 때 무언가 나를 향해 날아들었다.

"서하야!"

달보다도 더 환하게 빛나는 아린이였다.

그렇게 나는 아린이와 함께 끝이 보이지 않는 절벽 밑으로 떨어졌다.

◆ ◈ ◆

김희준은 무너진 절벽을 멍하니 바라보다가 하늘 위로 소리를 질렀다.

"으아아아아아!"

기대가 컸던 만큼 실망감도 컸다.

"그래도 살아 있겠지. 아니, 살아 있어야만 해."

강자가 고통스러워하는 모습을 보는 것.

그것이 김희준의 유일한 낙이었다.

오랜만에 만난 가치 있는 장난감이 고작 절벽에서 떨어져 부서질 수는 없었다.

하지만 죽었다면?

제대로 즐겨 보기도 전에 전부 망가졌다면 어떻게 해야 할까?

"망할……!"

실망감은 곧 분노로 바뀌었다.

김희준은 이를 악물며 몸을 돌렸고 그의 부하들이 돌아왔다.

김희준은 분노한 얼굴로 말했다.

"……다 죽였나?"

"그게…… 생각보다 강한 무사들도 있고, 엄청난 실력의 궁사도 있어서……."

"못 죽였다는 거냐?"

"송구합니다."

"아니다. 잘했어. 안 그래도 다 죽였다고 하면 짜증 날 뻔했는데 말이다."

꿩 대신 닭이다.

이서하의 친구들은 물론, 이 산에 있는 모든 생도들을 사냥

한다면 좀 마음이 편해지겠지.

이서하가 살아 있다고 하더라도 어차피 지금은 할 수 있는 것이 없으니 말이다.

"그럼 가 보자."

"아, 그리고 한 가지 더. 아무래도 숨겨 놓은 시험관의 시체가 발견된 거 같습니다."

"……그래서?"

김희준은 말의 의미를 모르겠다는 듯 부하를 바라봤다.

부하는 당황한 듯 잠시 생각하다 말을 이었다.

"전미도가 올라올 겁니다. 철수하시는 것이……."

"하하하하하! 그럼 넌 철수해라."

"네?"

그와 동시에 김희준의 검이 부하의 목을 갈랐다.

부하의 몸이 앞으로 쓰러지고 김희준은 주변을 바라보며 외쳤다.

"자, 철수하고 싶은 사람? 손,"

김희준은 손을 들어 손가락을 놀렸다.

대답은 없다.

김희준은 만족스럽게 고개를 끄덕이고는 앞으로 걸어갔다.

"그럼 계속 사냥해 보자."

아직 밤은 길고 즐길 시간은 충분하다.

◆ ◇ ◆

나는 절벽 밑에서 눈을 떴다.

절벽의 틈새 사이로 보이는 보름달이 나를 내려다보고 있
었다.

온몸이 욱신거리지만 살아남았다.

'아린이는……?'

나는 몸을 일으키자마자 아린이를 먼저 찾아보았다.

저기 저 옆에 팔을 부여잡고 앉아 있는 아린이가 보였다.

"……잠깐 좀 볼게."

절벽에 떨어지는 순간 아린이는 한쪽 팔로 나를 안고 나뭇
가지든 돌부리든 닥치는 대로 잡으며 속도를 줄였다.

그 과정에서 혹사된 오른팔은 넝마가 되어 버렸고 추락하
는 순간 부딪힌 다리도 심하게 부러진 상태였다.

하나도 안 다친 나에 비해 아린이는 무과를 포기해야 할 정
도의 상처를 입은 것이었다.

먹먹함에 말이 나오지 않는다.

"……미안하다."

다 잘되고 있다고 생각했었다.

하지만 요즘 따라 점점 사건이 빨라지고 있다. 아니, 일어
나지 말아야 할 사건마저 벌어지고 있었다.

내가 있었기에 아린이가 살아남았고, 아린이가 있었기에

김지환이 나를 공격했고, 그를 죽였기에 지금 이 무과에 김희준이 나타났다.

생각지도 못한 연쇄 작용이 빙글빙글 돌아 나를 덮쳐 왔다.

그리고 나는 아무것도 하지 못했다.

금수란이 백야차에게 죽을 위기에서도, 김희준이 생도들을 학살하려는 지금 이 순간에도 나는 무기력하다.

그래도 약선님에게 배운 것이 있어 아린이의 치료는 해 줄 수 있으니까 회귀 전보다는 나을까?

아린이의 다리를 고정하고 팔로 시선을 옮기던 나는 나도 모르게 입술을 깨물었다.

자세히 보니 손가락이 전부 뒤틀려 있었다.

머리부터 떨어지는 나를 안고 한 손으로만 절벽을 긁으며 떨어진 탓이었다.

이 손가락으로 마지막 순간까지 나뭇가지를 부여잡으며 애쓴 것을 생각하니 내가 더 한심해진다.

"……."

욕이 나오려는 것을 참을 때 아린이가 말했다.

"나 잘했지?"

"응? 갑자기 그게 무슨……."

"너도 잘 살렸고. 살수한테서도 도망쳤고. 다리랑 손은 나을 거고, 너와 나는 살아남을 수 있을 거야. 내일 아침이면 선인님들이 올라와서 다 해결해 줄 거고."

달빛이 아린이의 얼굴을 밝혀 주었다.

전투 중 흘렸던 피가 굳어 있고 머리카락이 어지럽게 얼굴에 붙어 있었음에도 그녀는 아름답기만 했다.

"그러니까 여기까지만 해도 돼, 서하야. 애들 구하고 싶은 거지? 괜찮아. 상혁이도, 지율이도, 민주도 알아서 살아남을 거야. 모든 것을 짊어질 필요 없어."

아린이는 나를 안아 주며 말했다.

"이만하면 충분해."

그 말에 순간 흔들린다.

애초에 김희준은 나만 딱 죽이고 돌아갈 생각으로 이곳에 오지 않았을 것이다.

재앙 수준의 고수를 상대로 난 미끼가 되어서 긴 시간을 끌어 주었다.

죽음을 각오하고 맞섰고 그 결과 어떻게든 살아남지 않았는가.

이 정도면 충분하지 않나.

아무리 회귀해 사는 두 번째 인생이라고 하더라도 지금은 나를 소중하게 생각해 주는 사람이 있지 않은가?

아버지, 아린이, 할아버지, 상혁이 거기다가 신유민 저하도 나에게 의지하고 있다.

목숨을 그냥 내다 버릴 수는 없다.

어느 정도 이루어 놨으니 이제 조금은 타협하면서 살아도 되지 않을까?

그런 생각이 들 때 나는 아린이와 눈을 마주쳤다.

티끌 하나 없이 깨끗한 눈빛.

나는 동의를 구하듯 말했다.

"……그럴까? 그냥 여기서 둘이 있을까?"

아린이는 말없이 미소를 지을 뿐이었다.

만약 그녀가 '그러자'라고 한마디만 했다면 나는 바로 무너졌을 것이다.

하지만 아린이는 선택권을 나에게 넘겼다.

"네가 진정으로 원한다면."

내가 진정으로 원하는 것.

그것이 무엇일까?

언제나 사람은 쉬운 길을 선택하고 싶어 한다.

적어도 나는 그러했다.

그리고 남은 것은 후회뿐이지 않았나.

이번에도 도망쳐 내 친구들이 죽는다면?

최도원같이 훗날 활약해야 하는 인물이 죽는다면 나는 나를 용서할 수 있을까?

'……죽고 싶겠지.'

그렇기에 뭐라도 해야겠다.

아린이의 손가락을 전부 맞추고 부목을 댄 나는 자리에서 일어나며 말했다.

"돌아가자. 친구들 구해야지."

아린이는 그럴 줄 알았다는 듯이 미소를 짓고는 고개를 끄덕였다.

'흔들리지 말자.'

나는 아린이의 기준이다.

기준은 절대적이어야만 한다.

나의 선택이 훗날 아린이의 행동을 결정지어 줄 테니 말이다.

언젠가 내가 먼저 죽는 순간 아린이가 괴물이 되지 않기 위해서는 내가 완벽해야만 한다.

그나저나…….

'저걸 어떻게 올라가지?'

매끈한 절벽은 도무지 오를 수 있어 보이지 않았다.

할아버지라면 손가락으로 벽에 구멍을 뚫으며 올라갔겠지만 아쉽게도 나는 그 정도 수준이 되지 못한다.

그렇다면 방법은 하나다.

나는 실눈을 뜨고 무언가를 찾기 시작했다.

'여기에는 분명…….'

회귀 전, 이 절벽을 위에서 내려다본 적이 있었다.

그리고 이 절벽 밑에 수없이 많은 그것을 발견할 수 있었다.

"찾았다."

나는 발에 걸린 무언가를 잡아 들었다.

그것은 사람의 두개골이었다.

'떨어져 죽은 무사들이 많은 곳이지.'

비석산에서 작전을 수행하던 많은 이들이 이곳에서 실족사한 것이다.

게다가 밤에는 어떻게 구할 방법도 없으니 그냥 두고 간 것.

그런 이들의 시체가 듬성듬성 있었다.

나는 시체 근처에 놓인 가방을 열어 보았다.

'분명 등반용 장비가 있을 텐데.'

비석산으로 작전을 나오는 부대는 모두 등반용 장비를 챙겨 오기 마련이다.

그것은 몇십 년 전이라도 같았을 것이다.

하지만 나는 인상을 찌푸릴 수밖에 없었다.

"쯧."

등반용 장비는 전부 녹슬었고 밧줄은 금방이라도 끊어질 것만 같았다.

이대로는 절벽을 오를 수 없다.

그렇게 생각할 때였다.

쿵!

한 무사가 절벽 위에서 떨어져 즉사했다.

무사의 이마에는 익숙한 화살이 꽂혀 있었고 절벽 위에서는 목소리가 들려왔다.

"여기 맞아?"

"맞을 거야. 사람이 지키고 있었잖아. 그런데 절벽에서 떨어진 거면 어떡하지?"

상혁이와 민주 목소리였다.

나는 있는 힘껏 소리쳤다.

"한상혁! 박민주! 여기 밑이야!"

"밑? 괜찮아? 다친 데는?"

상혁이의 말에 나는 간단하게 대답했다.

"빨리 밧줄 가져와!"

어떻게 올라갈 수 있을 것만 같다.

주지율과 한상혁, 그리고 박민주는 서하의 말대로 최도원
의 조를 이끌고 최대한 먼 곳까지 대피했다.

"후우, 후우."

주지율은 거친 숨을 내쉬며 주변을 돌아보았다.

그런 그를 향해 한상혁이 다가왔다.

"없어. 긴장 풀어."

"어떻게 알아?"

육감(六感).

"그런 방법이 있어. 나중에 너도 알려 줄게."

하지만 설명할 시간은 없기에 상혁은 빠르게 얼버무리고
는 말을 이어 갔다.

"이제 서하 도와주러 가야지."

"……."

주지율은 생각에 잠겼다.

서하를 도우러 가는 것이 옳은 것일까? 아니면 서하의 말대로 다른 생도들을 보호하는 것이 옳은 일일까?

주지율은 가만히 생각하다 말했다.

"우린 아직 적을 하나도 죽이지 못했어."

사실 추격을 떨쳐 내는 데에는 박민주의 공이 컸다.

일찌감치 혼자 뒤로 물러나 저격해 준 그녀 덕분에 적들은 쉽게 공격해 올 수 없었다.

앞에서 날아오는 화살을 대비하다 보면 어느새 뒤에서도 화살이 날아왔으니 말이다.

"다른 애들을 지키는 게 맞아."

이서하의 말을 따르는 것이 옳다.

하지만 상혁의 생각은 달랐다.

"무슨 개소리야? 서하가 상대하는 적은 차원이 달랐다고!"

서하와 아린이가 싸우는 것만으로도 적의 실력을 가늠할 수 있었다.

극양신공을 발동한 서하와, 나찰이 된 아린이를 혼자 상대하고도 우위를 점할 수 있는 무사는 이 땅에 얼마 되지 않는다.

고수, 아니 최고수 중 하나라고 봐도 무방할 정도의 실력.

하지만 주지율은 냉정하게 답했다.

"그럼 너와 민주는 서하를 도우러 가. 나는 최도원과 다른 생도들을 전 선인님에게 데리고 갈 테니까."

"너도 같이……."

"난 실력이 안 돼."

짐이 될 것이다.

"하지만 서하의 말은 수행할 수 있지."

생도들을 보호하라는 것.

주지율은 그것을 따를 생각이었다.

"그러니까 둘한테 부탁할게. 꼭 서하를 찾아서 데리고 와 줘."

상혁은 굳은 얼굴로 고개를 끄덕였다.

그때 가만히 듣고 있던 최도원이 걸어와 말했다.

"너희들 뭐야? 도대체 지금 무슨 일이 벌어지고 있는 거야?"

상혁은 최도원에게 대답하지 않고 외쳤다.

"박민주! 서하 찾으러 간다."

"응."

나무 위에서 내려온 박민주와 상혁이 사라지고 주지율은 최도원에게 답했다.

"우리는 지금 당장 산을 내려가 전 선인님과 합류할 거야. 다친 사람은 없지?"

"있어."

최도원은 인상을 찌푸리며 조원들을 바라봤다.

창에 찔린 조원이 있었다. 정시은과 임윤호가 부축하고는 있었지만 빠르게 달리기는 힘들 것만 같았다.

주지율은 작은 한숨과 함께 말했다.

"⋯⋯부축해서 간다."

한 사람도 버릴 수 없다.

서하의 말은 다른 생도들을 지키라는 것이었으니까.

주지율은 그 즉시 다른 생도들을 모으기 시작했다.

근방의 생도들 근처에는 시험관이 한 명도 없는 상황이었다.

김희준이 서하를 습격하기 전, 모든 시험관을 처리하고 온 것이었다.

주지율은 그렇게 약 30명에 가까운 생도들을 모아 하산하기 시작했다.

하지만 상황은 좋지 않다.

주지율은 고개를 돌려 생도들의 상태를 확인했다.

생도들은 모두 겁에 질려 있었다.

시험관이 전부 죽었다는 것만으로도 충격이 컸을 것이다.

거기다 실제로 다친 친구도 있다.

성무학관을 제외하고는 대부분 실전 임무 근처에도 간 적이 없는 아이들이기에 혼란은 어쩔 수 없었다.

'지금 습격이라도 받으면⋯⋯.'

전부 죽을 것이다.

그렇게 생각할 때였다.

"많이도 모았구나."

언제나 안 좋은 예감은 적중한다.

김희준의 등장에 주지율은 표정을 굳혔다.

뭣 모르는 생도들은 시험관인 줄 알고 환호성을 질렀지만 주지율의 표정을 보고는 이내 조용해졌다.

주지율은 조용히 창을 꺼내 들고는 말했다.

"최도원, 네가 애들을 이끌어라. 다행히 길이 좁다."

"너는?"

"난 길을 지킨다. 빨리 움직여."

"……살아서 보자."

최도원이 생도들을 이끌고 도망치는 순간 김희준의 부하들이 움직였다.

하지만 주지율은 그들이 통과하게 놔두지 않았다.

"후우."

숨을 한 번 들이쉬고 내지른다.

구룡창법, 제1식, 풍뢰룡(風雷龍)

구룡창법은 총 9개의 초식으로 이루어져 있다.

그 1식인 풍뢰룡은 바람처럼 유연하고 번개처럼 빠르다.

주지율을 무시하고 지나가려던 살수는 휘어 들어오는 창에 미처 반응하지 못하고 목이 뚫렸다.

"커헉!"

주지율은 창을 뽑으며 두 번째 식을 발동했다.

구룡창법, 제2식, 적화룡(敵火龍)

1식에서 바로 이어지는 2식 적화룡.

크게 휘두른 주지율의 창에 또 한 명의 살수의 목이 날아가고 나머지가 뒤로 물러났다.

주지율은 크게 숨을 내쉬며 다시 자세를 잡았다.

'된다.'

싸울 수 있다.

시험관을 죽인 저 살수들을 상대로도 충분히 싸울 수 있었다.

'이서하, 네가 옳았다.'

주지율은 인정할 수밖에 없었다.

자신이 재능이 없다는 것을.

아니, 사실은 다 알고 있었다.

온종일, 매일 쉬지 않고 수련해도 천재들을 따라잡을 수 없었으니까.

유아린, 한상혁, 박민주 같은 아이들이 강해지는 것을 보며 주지율은 자신이 전혀 특별하지 않다는 것을 인정할 수밖에 없었다.

그런 상황에서 서하가 준 구룡창법은 그에게 있어 유일한 희망과도 같았다.

그러니 이 무공으로 그 답례를 할 생각이었다.

이서하의 수족이 되어 그와 함께 누구보다 높은 곳까지 올라가리라.

"내가 죽기 전에는 지나갈 생각 마라."

그리고 이것이 이서하가 준 첫 번째 명령이었다.

◆ ◈ ◆

전미도는 산 아래에서 시험관들의 보고를 기다리고 있었다.

시험관들은 한 시진마다 시험 경과를 보고했다.

무슨 문제는 없는지, 몇 명이 탈락했는지, 마수가 갑자기 증식하거나 하는 문제는 없는지 말이다.

하지만 벌써 두 시진째 보고가 들어오지 않고 있었다.

"쯧."

보고가 늦어지는 건 간혹 있는 일이었다.

실시간으로 사건 사고가 벌어지는 무과인 만큼 조금은 늦어지는 것이 정상.

하지만 두 시진 가까이 보고가 들어오지 않는 것은 누가 봐도 이상한 일이었다.

'완벽하게 하자고 했건만.'

시작부터 완벽하지 못했기에 적어도 무과 진행만큼은 아무런 문제가 없어야만 했다.

"산에 올라가 봐야겠다."

전미도가 그렇게 결정을 내리고 밖으로 나가는 순간이었다.

"대장님! 대장님!"

창백하게 질린 시험관이 헐레벌떡 달려와 말했다.

"시체입니다!"

전미도는 인상을 찡그렸다.

"뭐?"

"시체가 발견되었습니다. 시험관입니다. 옷이 벗겨져 있는 것으로 보아 누군가 시험장에 잠입한 것만 같습니다."

"이런, 씨……."

전미도는 머리를 쓸어 올렸다.

아주 가지가지 한다.

"시험관들 다 불러서 산을 훑고 올라와. 알겠어? 너는 시체가 있는 곳으로 나를 안내해라."

"네."

무과에 다른 누군가 잠입하는 일은 20년에 한 번 있을까 말까 한 일이다.

그것이 자신이 진행하는 무과에서 일어났다는 것을 전미도는 참을 수 없었다.

'내 시험을 망쳐?'

시험관이 죽은 것만으로도 이미 완벽과는 거리가 멀어졌다.

하지만 생노가 죽는다는 것은 차원이 다른 이야기다.

평민, 작은 가문의 아이들이라도 죽는다면 그건 평생의 오점으로 남을 것이다.

"서둘러!"

전미도는 서둘러 비석산 안쪽으로 진입했다.

◆ ◈ ◆

부하들이 당하는 것을 본 김희준은 눈썹을 추켜세웠다.

움직임이 물과 같이 자연스럽게 흘러갔다.

두 가지의 완벽하게 다른 초식이 이어지는 것을 본다면 앞으로도 몇 개가 더 있을 것이 분명했다.

'저런 위협적인 공격이 연속해서 들어온다면?'

흥미롭다.

이서하와 유아린과 함께 추락해 버렸던 기대가 다시금 올라오는 것만 같았다.

"그만, 그만. 뒤로 물러나라."

김희준은 부하들을 물린 뒤 앞으로 걸어 나가며 물었다.

"너, 그 뒤가 더 있는 거지?"

"……."

주지율은 고민하다 고개를 끄덕였다.

어쨌든 시간을 끌어야 하는 주지율 입장에서 다 같이 덤비지 않는 것은 고마운 일이었다.

"보여 줄 수 있나? 한번 받아 보고 싶어서 말이야."

받아 준다는 데 마다할 이유가 없다.

구룡창법은 일격 필살의 무공. 제대로만 들어간다면 아무리 김희준이라도 이길 수 있으리라.

주지율은 숨을 들이마시며 초식을 사용했다.

구룡창법, 제1식, 풍뢰룡(風雷龍).

주지율의 창이 곡선을 그리며 김희준의 얼굴로 향했으나 김희준은 가볍게 찌르기를 피했다.

하지만 괜찮다.

구룡창법은 9초식이 하나.

고작 첫 번째 초식이 빗나갔을 뿐이다.

주지율은 곧바로 두 번째 초식을 이어 갔다.

구룡창법, 제2식, 적화룡(敵火龍)

바로 이어지는 공격에 김희준은 감탄하며 뒤로 물러났다.

'역시나 초식이 이어지는군.'

공격에 전혀 군더더기가 없는 것을 보면 애초에 하나로 고 안된 초식인 것만 같았다.

만약 부하들이 당하는 것을 보지 못했다면 꽤 당황했을 것 이다.

'이게 끝이 아니겠지.'

직접 경험해 본 2연격은 매우 위협적이었다.

세 번째는 어떤 공격이 들어올까?

그런 기대와 함께 제3식이 펼쳐졌다.

구룡창법, 제3식, 백금룡(白金龍)

주지율은 창으로 땅을 긁으며 빙글 돌았다.

이윽고 이어지는 올려치기.

흙먼지가 치솟았고 예상치 못한 공격에 김희준은 환도를 들어 올렸다.

'기대 이상이군.'

무기를 꺼내게 만들다니 말이다.

시야를 가렸으니 다음은 또 찌르기일까? 아니면 내려치기? 휘둘러 치기? 그것도 아니라면 변칙적으로 각법(脚法) 같은 것을 사용할까?

다음! 다음 공격이 궁금하다!

이윽고 흙먼지가 내려가고 김희준은 거리를 벌린 주지율을 바라봤다.

"왜?"

왜 그냥 물러나?

흙먼지로 시야까지 가렸으니 어떤 식으로든 공격해 와야 하는 것이 아닌가!

김희준은 허망하게 주지율을 바라보며 말했다.

"뭐냐? 다음 공격은 없어? 왜 없어? 어?"

"……."

주지율은 다시 자세를 잡고 처음부터 시작했다.

9개의 초식 중 실전에서 사용할 수 있을 정도가 된 것은 앞의 세 개뿐.

그 이상은 아직 익히지 못했다.

구룡창법, 제1식, 풍뢰룡(風雷龍).

같은 공격이 들어오자 김희준은 인상을 쓰며 주지율의 공격을 쳐 냈다.

이미 본 것에는 관심이 없다.

"다음! 다음을 보여 달라고!"

하지만 그 이후에도 주지율은 반복해 제1식을 사용할 뿐이었다.

그러자 김희준은 표정을 굳혔다.

"끝이구나. 아쉽게도."

그리고는 창을 내질러 오는 주지율의 얼굴에 주먹을 꽂았다.

퍽! 소리와 함께 자세가 무너졌다.

단 한 방에 뇌가 울렸다.

한 방으로도 충분했으나 김희준은 분풀이하듯 주지율의 멱살을 잡아 주먹을 꽂기 시작했다.

퍽! 퍽! 퍽! 퍽!

둔탁한 소리만이 울려 퍼지고 김희준은 축 늘어진 주지율을 던졌다.

"하나만 묻자. 대체 몇 개로 이루어진 초식이냐?"

"……."

주지율은 답하지 않았다.

아니, 사실은 질문조차 들을 수 없었다. 기절하지 않기 위해 정신을 붙드는 것만으로도 힘에 부쳤으니까.

"쯧쯧, 고작 초식 하나 똑바로 못 익혀서. 됐다. 너 같은 놈에게 뭘 기대하냐? 뭐 하나? 가서 애들 죽여."

"넵."

김희준의 부하들이 움직이려고 할 때였다.

"……아직."

김희준은 비틀거리며 일어나는 주지율을 바라봤다.

이미 얼굴은 뭉개졌고, 다리가 흔들거려 제대로 서 있는 것조차 불가능한 상황이었다.

하지만 주지율은 일어나 자세를 잡았다.

"난 아직 죽지 않았어."

눈앞이 잘 보이지 않는다. 달빛이 아무리 밝아도 흐려진 시야에는 그 무엇도 들어오지 않았다.

'그래, 내가 그렇지 뭐.'

서하라면 1년 안에 9개의 초식을 전부 익혀 나왔을 것이다.

상혁이라면 중간중간 자신만의 개성을 넣어 조금이라도 더 위협적인 공격을 구사했을 것이다.

그 두 사람이라면 이렇게 바보처럼 기회를 잡아 놓고 뒤로 물러날 리가 없다.

하지만 주지율은 그럴 수 없었다.

배운 것을 제외하면 할 줄 아는 것이 없었고, 시도했다가는 어설픔이 들통날 게 분명했다.

그저 바보처럼 열심히 연습한 것을 반복할 수밖에.

그것이 자신의 한계.

'하지만…….'

서하의 옆에서 활약하려면 한 가지 장점은 있어야만 한다.

실력도 안 되고, 머리도 안 되고, 배경조차 없다면 남은 것은 하나다.

결코 흔들리지 않는 정신력.

'난 무슨 일이 있어도 명령을 완수한다.'

다른 생도들을 지키라고 명령을 받았다면 그것을 수행한다.

핑계는 없다.

그것이 주지율이 내세우는 유일한 강점이었다.

그렇게 묵묵히 서 있는 주지율을 보던 김희준은 작게 중얼거렸다.

"……뭐 하냐? 다른 생도들 붙잡아. 저것도 처리하고."

"네!"

부하들은 주지율의 옆을 스쳐 지나갔다.

하지만 주지율은 움직이지 못했다.

이미 몸은 한계, 서 있는 것이 고작이었다.

'제발, 제발, 제발!'

움직여라.

정신이 몸을 지배한다는 말을 들은 적이 있다.

그러나 움직이지 않는다.

이윽고 김희준의 부하가 주지율을 향해 달려들었다.

그리고 그 순간이었다.

쉬익!

바람을 가르는 소리와 함께 살수의 머리가 꿰뚫렸다.

상황을 파악하는 것도 잠시.

주지율은 저 멀리서 자신을 향해 달려오는 남자의 정체를
겨우 확인하고는 말했다.

"이서하……."

주지율은 그렇게 임무를 완수해 냈다.

Chapter 44.

절벽 위로 올라온 나는 아린이를 안전한 곳에 숨겨 두고 생도들이 모여 있던 장소로 돌아갔다.

하지만 이미 생도들은 산에서 내려간 뒤였다.

"지율이가 하산해 시험관들과 합류한다고 했었어. 따라와."

박민주의 안내는 빠르고 정확했다.

이윽고 최도원이 다른 생도들을 데리고 도망치는 것이 보였다.

가던 반대 방향으로 말이다.

나무에서 나무로 이동하던 박민주가 멈추며 말했다.

"저기 아니야?"

"아니, 지율이가 없어."

상혁이의 말대로 지율이가 보이지 않았다.

"망할."

혼자 뒤에 남은 것이다.

"서두르자."

지율이가 죽기 전에 도착해야만 한다.

아니나 다를까.

홀로 좁은 길목을 막은 지율의 옆으로 김희준의 부하들이
지나가는 것이 보였다.

나는 상혁이와 민주에게 말했다.

"민주는 뒤에서 상대를 저격. 우선순위는 맡길게. 상혁이
는 애들을 쫓아가는 무사들을 상대해!"

"확인!"

상혁이와 민주의 외침을 들으며 나는 지율이에게로 달려
갔다.

"이서하……."

지율이는 나를 발견하자마자 주저앉았다.

만신창이라는 말로도 표현이 힘들 정도로 지율이의 상태
는 좋지 않았다.

이런 상태로 계속 싸우려 했단 말인가?

도대체 무엇 때문에?

막말로 나를 비롯해 지율이와 친한 사람들은 알아서 살아

남고 있지 않았던가?

그때 지율이가 힘겹게 입을 열었다.

"아무도 안 죽었지? 네가 부탁한 대로 애들 다 지켰다. 뒤는 부탁하마."

"……."

나 때문이었구나.

생각 없이 뱉었던 한마디의 말이 누군가에게는 천금과도 같이 무거울 수 있다.

경솔하게 명령을 내린 내 잘못이었다.

하지만 구구절절 말할 필요는 없다.

"그래. 잘했다. 인마."

그때 분위기도 못 읽고 김희준이 끼어들었다.

"역시 살아 있었구나! 내 실수로 죽었을까 봐 조마조마했는데 말이야. 그래, 너 정도 되는 애가 거기서 죽었을 리는 없지. 그런데 여자애는? 같이 안 왔어?"

"아저씨. 분위기 좀 읽어. 나랑 친구랑 대화하고 있잖아."

"반가워서 그렇지. 반가워서. 마치 10년 만에 다시 만난 친구 느낌이라니까. 그런데 여자애 없이 너 혼자 나랑 싸울 수 있겠어? 안 될 텐데."

"그쪽이나 걱정하지? 좀 지치지 않았어? 나이도 있는데."

"지친 건 네가 더 지치지 않았을까? 양기 폭주를 그렇게 사용했으면……."

"그런 건 걱정하지 마. 내가 요즘 좋은 걸 많이 먹었거든."

난 바로 극양신공을 사용했다.

이미 사용했던 내공은 전부 회복했다.

비석산은 공기가 매우 좋다. 좋은 경치에 좋은 기운이 깃들어 있다고 해야 할까?

가만히 있어도 내공이 착착 쌓이는 것이 나중에 수련하러 오고 싶을 정도였다.

그러니 이번에는…….

"고통이 뭔지 알려 줄게."

황금빛 기운이 내 몸을 타고 올라와 하늘로 솟구쳤다. 멀리서도 보일 정도로 순수한 양기.

난 천우진과 싸울 때처럼 몸의 한계까지 양기를 폭발시켰다.

모든 것을 던진다.

그 순간 심장에서 무언가가 두근거렸다.

'뭐지?'

한 번도 느껴 본 적이 없는 자극이었다.

심장에 무리가 가는 그런 기분 나쁜 느낌은 아니었으나 조금은 신경이 쓰였다.

하지만 길게 생각할 시간은 없다.

"듣던 중 반가운 소리네."

김희준의 몸에서도 반투명한 아지랑이가 피어올라 사방을 진동시켰다. 김희준은 살벌한 미소와 함께 말했다.

"방해꾼이 오기 전에 끝내자."

그 말을 끝으로 김희준이 나에게 달려들었다.

나와 김희준 주변의 시간이 느려지고 검이 춤을 춘다. 황금
빛 기운과 반투명한 기운이 만나 흙먼지와 함께 용솟음쳤다.

두근!

수백 번의 검격이 오갔다.

나는 있는 힘껏 검을 휘둘렀다.

'믿는다. 천광.'

양기 폭주를 위해 만들어진 검.

다른 검들과는 차원이 다른 명검(名劍).

이윽고 천광은 나의 기대대로 김희준의 중검과 환도를 반
으로 두 동강 냈다.

이래서 명검을 써야 한다.

"음?"

나는 곧바로 당황한 김희준의 가슴을 베었다.

'상당히 깊다.'

그렇게 기분 좋게 고개를 들어 올릴 때였다.

김희준은 아무런 느낌이 없는 듯 내색하지 않고 손날로 나
의 손목을 쳤다.

'크윽.'

고통을 느끼지 않기에 두려움조차 느끼지 않는다.

이 세계에 유일무이, 김희준만의 전투 방식이었다.

천광이 하늘로 날아가고 나와 김희준은 서로 주먹을 날렸다.

동시에 서로의 주먹이 턱에 꽂혔다.

의식이 날아갈 것만 같지만 그건 상대도 마찬가지…….

"크하하하하!"

……가 아닌가 보다.

고통을 느끼지 못하는 괴물.

김희준은 계속해서 주먹을 날렸고 내가 할 수 있는 일은 한 가지였다.

같이 때리는 것뿐.

픽! 픽! 픽! 픽! 픽!

서로를 죽이기 위한 주먹이 계속해서 정타로 꽂혔다. 죽을 거 같았지만 김희준보다 먼저 죽을 수는 없다.

두근!

한 방, 한 방에 죽음이 가까워지는 것만 같았다.

상대는 고통스러워하지도 않는다.

김희준의 웃음소리는 점점 커질 뿐이다.

'결국 안 되는 건가?'

절대로 질 수 없는데.

져서는 안 되는데.

두근! 두근! 두근! 두근!

좌절감과 함께 심장이 폭발하는 것과 같은 고통이 느껴졌다.

갑작스러운 통증에 주춤하는 순간 김희준의 주먹이 내 눈앞으로 날아들었다.

그 순간이었다.

등 뒤에서 바람이 불어오는 것을 느꼈다.

나는 앞으로 쏠리며 김희준의 주먹을 이마로 막고 주먹을 날렸다.

깨끗한 소리와 함께 김희준의 얼굴이 뒤틀리며 저 멀리 날아갔다.

"하아, 하아."

나는 고개를 돌려 천천히 등 뒤를 바라봤다.

그와 동시에 언제 나타났는지 모를 검붉은 날개가 퍼덕였다.

"아이씨! 깜짝아."

내 몸이 뭔가 이상해진 것만 같다.

김희준은 대자로 뻗어 하늘을 올려다보았다.

역시나 고통은 없었다. 하지만 이서하의 주먹에 맞아 날아간 기억이 희미했다.

'뭐야, 이거?'

하늘이 빙글빙글 돈다.

마치 자신의 몸이 아닌 것처럼 온몸에 힘이 들어가지 않았다.

이런 경험은 태어나서 처음이었다.

'이런 느낌이었나? 나에게 당한 놈들은?'

고통에 비명을 지르며 움직이지 못하던 이들이 이런 느낌을 받았을까?

아니, 솔직히 모르겠다.

그냥 움직이지 않을 뿐, 흔히 말하는 고통스럽다는 느낌은 들지 않았다.

김희준은 태어난 그 순간부터 고통을 느끼지 않았다.

느껴 본 감각이라고는 그저 무언가가 부딪히고 지나가는 무딘 감각뿐.

부드러움도, 까칠함도, 날카로움도, 그 어떤 감각도 그는 이해할 수 없었다.

김희준이 자신이 이상하다는 것을 알았을 때는 5살이 되던 해였다.

같이 놀던 친구가 넘어져 우는 것을 보며 김희준은 고개를 갸웃했다.

"왜 울어?"

어이없는 질문에 친구는 대답하지 않았으나 김희준은 한 술 더 떴다.

"이거 때문인가?"

김희준은 상처를 꾹 눌렀다.

다친 친구가 비명을 지르고 김희준은 묘한 희열을 느꼈다.

"뭐야? 왜 그래? 무슨 느낌이야?"

더 강하게 누른다. 도대체 어떤 느낌이면 저렇게 비명을 지를까? 저리도 슬피 울까?

인간의 고통이라는 것에 처음 흥미를 느낀 그였다.

'궁금하다.'

누구나 자신이 가지지 못한 것을 동경하기 마련이다.

김희준에게 있어 고통이란 가지지 못한 동경의 대상, 꼭 이해하고 싶은 것이었다.

그렇기에 그때부터 연구를 시작했다.

길에 돌아다니는 개와 고양이를 잡아 고문하고, 일부러 강도 높은 수련을 하며 자신에게도 실험해 보았다.

하지만 이해할 수 없었다.

'도대체 무슨 느낌이지?'

그렇게 고민이 깊어질 땔 즈음 김희준은 무사가 되어 임무를 나가게 되었다.

그리고 그곳에서 처음으로 동료를 잃었다.

물론 아무런 기분이 들지 않았다.

하루밖에 안 본 동료가 죽었다고 해서 뭐가 대수인가?

그러나 그 남자의 애인은 그 누구보다 처절하게 울었다.

물리적 고통과는 차원이 다른 울부짖음.

그때서야 김희준은 깨달았다.

고통은 물리적인 것만이 아니라는 것을.

'정신적 고통! 저거라면!'

저거라면 이해할 수 있을 것만 같았다.

그때부터 김희준은 정신적 고통에 집중했다.

단순히 때리고, 부수고, 죽이는 것이 아닌 대상의 소중한 것을 하나씩 부쉈다.

평범한 사람들은 모두 정신적 고통을 이기지 못하고 미쳐 버렸다.

거기서 의문이 들었다.

악인과 선인이 받는 정신적 고통은 같은가?

강한 무사들은 어떤가?

그들은 고통에 면역이 되어 있는가?

그러나 고수를 극단적 상황에 몰아넣는 것은 흔히 오는 기회가 아니었다.

그래서 이번 기회를 꼭 잡고 싶었다.

저 나이에, 저 정도의 경지를 이룬 사람은 도대체 어떤 목소리로 울까?

소중한 것을 전부 지키려는 저 아이의 울음소리를 꼭 듣고 싶었다.

'너는 어떤 표정을 지을까?'

그리고 만약 그것을 본다면…….

조금이라도 더 고통을 이해할 수 있지 않을까?

김희준은 욕망에 가득 차 몸을 일으켰다.

여전히 세상은 빙글빙글 돌고 있었으나 이내 괜찮아졌다.

그렇게 2차전을 시작하려고 할 때였다.

저 멀리서 강대한 기운이 다가오는 것이 느껴졌다.

이 정도의 기운을 가진 사람은 이 무과 시험장에 단 한 명 뿐이었다.

"전미도……."

김희준은 혀를 차며 고개를 돌렸다.

저 여자가 올라오면 골치 아파진다.

정체를 들키는 것은 물론이고 이서하가 아직 건재한 이상 승리를 장담할 수도 없었다.

김희준은 빠르게 판단을 내렸다.

"너, 죽지 말고 다시 보자."

김희준은 그 말을 마지막으로 다음을 기약하며 사라졌다.

산에 올라오던 전미도는 솟구치는 기운을 보고 발을 멈췄다.

"뭐야? 저건……."

용솟음치는 황금빛 기운은 멀리서도 소름이 돋을 정도였다.

'도대체 무슨 일이 벌어지고 있는 거야?'

시험관 중에 저 정도의 기운을 뿜어낼 수 있는 자가 있던가?

도대체 어떤 인물이 잠입했고, 또 누가 그와 맞서고 있는 것일까?

서둘러야겠다.

전미도는 속도를 올려 현장으로 향했다.

집중하지 않아도 느껴지는 강대한 기운 덕분에 길을 찾기는 쉬웠다.

이윽고 현장에 도착했을 때 그녀는 자신의 눈을 믿을 수 없었다.

"……."

땅이 그을려 있었고 충격파에 쓸려 나간 나무들이 보였다.

저 멀리에는 지친 듯 주저앉아 있는 한상혁과 죽은 듯이 누워 있는 주지율이 보인다.

하지만 무엇보다 그녀의 눈길을 사로잡은 것은 이서하였다.

멍하니 서 있는 한 아이.

전미도는 황금빛으로 빛나는 이서하를 바라보며 마른침을 삼켰다.

"이서하……."

이서하는 고개를 끄덕이고는 털썩 주저앉았다.

신유철 국왕 전하의 총애를 받는 아이.

전미도 또한 수도에 사는 무사로 이서하에 관한 것은 소문을 들어 알고 있었다.

'과장된 게 아니었어.'

소문은 과장된 것이 아니었다.

오히려 과소평가되었다고 보는 것이 맞았다.

'진짜 천우진을 베었구나.'

저 정도의 기운이라면, 비록 1년 전이라고 하더라도 천우진을 벤 것이 불가능하다고 볼 수는 없었다.

'사정을 봐준 것이 아니다.'

그저 이서하의 편의를 봐주었을 뿐.

사정을 봐주고 말고 할 것도 없었다.

가만히 놔둬도 무과는 알아서 통과했을 테니까.

전미도는 이서하에게 다가가 말했다.

"무슨 일이 있었던 것이냐? 괴한의 얼굴을 보았느냐? 그리고 설마 네가……."

전미도는 가장 궁금했던 말을 꺼냈다.

"네가 싸운 것이냐?"

이서하는 고개를 끄덕이며 말했다.

"얼굴은 확실하게 보았습니다. 그리고 제가 아니면 누가 싸우겠습니까?"

"그렇구나."

전미도는 묘한 흥분감을 느끼며 생각했다.

내가 지금 역사를 마주하고 있구나.

내 등에 돋아난 날개는 순식간에 사라졌다.

아무래도 적오(赤烏)의 날개인 것만 같다.

'마물의 심장을 먹은 덕분인가?'

마물의 심장을 먹으면 그 마물의 능력을 조금은 흡수할 수 있다는 말이 있었다.

나찰들이야 애초에 요술을 사용할 수 있으니 그럴 수 있다고 생각했는데 그것이 나에게도 해당될 줄이야.

어쨌든 이번에는 제대로 한 방을 먹였다.

'바로 이 주먹으로 말이지.'

나는 기분 좋게 주먹을 들어 올려 보았다.

아니, 들어 올리려고 했다.

…….

'뭐야? 안 움직여.'

팔이 마치 고장 난 인형처럼 덜렁거린다.

나는 왼팔로 오른팔을 만지며 자가 진단을 내렸다.

'아하! 팔이 부러졌네. 난 또 뭐라고.'

하긴, 김희준을 한 방에 날려 버릴 정도로 강한 일격을 날렸는데 팔이 무사하면 그게 더 이상한 일 아닌가? 내 외공이 김희준보다 뛰어난 것도 아니고 내공빨로 어떻게 버티고 있던 것인데 말이다.

"……."

김희준이 꿈틀거린다.

제발 일어나지 마라. 제발. 천지신명 비석산의 산신령이여 제발 저 인간이 못 일어나게 막아 주십시오.

그렇게 생각나는 모든 신에게 기도했건만 김희준은 발목

힘으로 벌떡 일어나 미소를 지었다.

일어나는 것도 무슨 강시 같다.

이거 아무래도 똥 됐다.

오른팔이 완전히 나가 버린 탓에 제대로 된 전투를 할 수 없다.

적오의 심장이 나의 상태를 어느 정도 회복시켜 주었지만 한쪽 팔을 봉인하고 싸워 이길 수 있는 상대가 아니다.

'김희준도 정상은 아닌 거 같지만……'

휘청거리는 모습이 어느 정도 타격은 있는 모양이다.

하지만 그럼 뭐 하나?

상대는 고통을 느끼지 못하는 괴물인데 말이다.

그때였다.

가만히 나를 바라보던 김희준이 아쉬운 얼굴로 말했다.

"너, 죽지 말고 다시 보자."

그리고는 사라진다.

신께서 내 기도를 들어주었나?

아니, 그럴 리가 있나.

긴 세월을 살아 보고 깨달은 건데 기도만 해서 되는 일은 단 하나도 없다.

그와 동시에 내 육감에 전미도의 기운이 포착되었다.

'그래도 너무 늦지는 않으셨네.'

이제야 긴장을 풀 수 있겠다.

저 미친놈이랑 싸우느라 육체적으로도, 정신적으로도 피폐해진 상태였다.

그렇게 멍하니 기다리고 있자 전 선인님이 나타났다.

전 선인은 당황한 얼굴로 나와 김희준이 싸운 전장을 돌아보았다.

아마 다 눈치챌 것이다.

그을린 땅, 아직 남아 있는 황금빛 양기, 그리고 부러진 나무들까지.

어쨌든 전미도가 왔으니 내 역할은 여기서 끝이다.

사실 뭔가를 더 할 힘도 없으니 이제 귀찮은 뒷정리는 전미도에게 맡기고 좀 쉬자.

하지만 나를 그냥 쉬게 놔둘 전미도가 아니다.

"이서하……. 무슨 일이 있었던 것이냐? 괴한의 얼굴을 보았느냐? 그리고 설마…… 네가 싸운 것이냐?"

질문은 하나만 해 줬으면 좋겠다. 뭐부터 대답해야 할지 모르겠잖아.

무슨 일이 있었는지는 보면 알 테고, 괴한의 얼굴? 그건 답해 줄 수가 없다.

물론 나도 맘 같아서는 김희준의 이름을 확 말해 버리고 성도 김씨와 전쟁을 벌이고 싶지만 한 가지 걸리는 것이 있다.

'이번 생에서 난 김희준을 본 적이 없다.'

알아보는 것 자체가 역설이다.

신유철 국왕 전하가 내 말 한마디만 듣고 '전쟁이다!' 하면서 싸워 줄 사람도 아니고 말이다.

십중팔구 진상 조사가 이루어질 터.

거기서 '그 괴한이 김희준이라는 것을 어떻게 알았지? 넌 한번도 못 만나 봤을 텐데?'라고 물어본다면 나는 할 말이 없다.

하지만 여지는 남겨 둬야 한다.

훗날이라도 김희준을 공식적으로 보게 된다면 내 말이 힘을 얻을 테니 말이다.

"얼굴은 확실하게 보았습니다."

이걸로 나중에 김희준을 보고 '그때 그 괴한입니다!'라고 할 수 있는 상황은 만들었다.

나는 다음 질문에 답해 주었다.

"그리고 제가 아니면 누가 싸우겠습니까?"

"그렇구나."

전미도는 굳은 얼굴로 고개를 끄덕였다.

이윽고 그녀의 뒤를 따라 시험관들이 올라왔다.

다들 표정이 좋지 않다.

나 같아도 그럴 것이다.

왕국 최대 행사라고 불리는 무과, 그것도 완벽주의자인 전미도가 담당한 해에 이런 일이 벌어졌으니 밑에 놈들은 죽은 목숨이었다.

명복을 빌어 주도록 하자.

"뭣들 해? 빨리 생도들과 부상자를 챙겨!"

전미도의 명령에 시험관들이 사방으로 흩어졌다.

혹시 이대로 시험이 중지되는 것은 아닐까?

그럴 가능성도 충분했다.

이 상황에 2차 시험을 속행하는 것은 거의 불가능해 보였으니까.

도대체 뭐가 어떻게 돌아가는지 모르겠다.

'아, 몰라. 재수시키지는 않겠지.'

만약 무과가 미뤄진다거나 혹은 재수시킨다면 혼자 왕궁 앞에서 팻말 들고 시위라도 할 거다.

1년을 더 기다리라는 것이 말이냐? 방귀냐? 하면서 말이다.

뭐, 일단 시험은 중단되는 거 같으니 조금이라도 휴식을 취하자.

······근데 뭔가 까먹은 거 같은데.

"아! 아린이!"

가장 중요한 걸 까먹을 뻔했다.

해가 뜰 때 즈음이 돼서야 상황은 모두 종료되었다.

생도들은 전원 생존.

시험관 23명이 죽었다.

하지만 전미도는 단호했다.

"시험을 멈출 생각은 없다. 내 권한으로 제2 시험과 제3 시험을 통합해 치르겠다. 참가하고 싶은 사람은 앞으로 나오도록."

많은 생도가 지난밤의 충격을 이기지 못하고 시험을 포기했지만 몇몇은 남아 시험을 치렀다.

하지만 나와 아린이, 그리고 지율이는 참가할 수 없었다. 의원에 누워 손가락 하나 까딱할 수 없는 노릇이었으니 말이다.

"난 망했어."

제3 시험을 치르지 못하면 제4 시험도 치를 수 없다.

그러니까 난 망했다.

상급 무사는커녕 중급 무사도 간당간당하지 않을까?

'에이, 그래도 김희준 상대로 그렇게 싸웠는데 중급 무사는 주지 않을까? 아니, 전미도는 상대가 김희준이었던 걸 모르잖아. 아니야, 아니야. 그래도 상대가 엄청난 고수라는 건 느꼈을 거야. 그렇게 멀리 있지도 않았잖아?'

모르겠다.

저 완벽주의자가 어떻게 결정을 내릴지.

축소된 시험이 끝나고 우리는 모두 수도로 돌아왔다.

무과가 습격을 받은 것은 왕가에 치명적 오점이 되었다.

하지만 그와 동시에 시험관의 숭고한 희생과 전미도의 활약을 자화자찬하며 양반 가문의 불만을 누그러트렸다.

그렇게 한바탕 소란이 지나가고 이윽고 무과 결과의 발표의 날이 밝았다.

황금세대가 치른 무과.

거기다 시험관 23명이 죽은 초유의 무과인 만큼 많은 사람
이 모여들었다.

난 맨 앞줄에 서 있었고 앞으로는 국왕 전하와 할아버지,
그리고 신유민 저하도 앉아 있었다.

시간이 갈수록 내 기대치는 바닥에 떨어졌고 나는 속으로
빌었다.

'제발 중급 무사. 제발 중급 무사.'

제발 상급 무사는 바라지도 않습니다. 중급 무사라도 감지
덕지 받겠습니다.

"먼저 장원(壯元)부터 발표하겠다."

북소리가 내 심장과 함께 울린다.

전미도는 무미건조하게 말했다.

"장원(壯元) 청신 가문의 이서하. 이 시간부로 이서하를 상
급 무사로 임명한다."

"……."

나는 고개를 들었다.

예상치 못한 발표에 모두가 침묵하며 전미도를 바라볼 뿐
이었다.

그녀는 아랑곳하지 않고 말을 이어 갔다.

"또한, 참군(參軍)에 임명한다."

정7품 참군(參軍).

자신만의 부대를 조직할 수 있는 직급이었다.

선인이라면 누구나 받는 직급이지만 반대로 선인이 아니면 절대로 받을 수 없는 것이기도 했다.

"잉?"

이해가 가지 않는다.

상급 무사가 어떻게 참군을…….

그때 신유민 저하가 벌떡 일어나 손뼉을 치기 시작했고 꽹과리와 징이 울렸다.

흥겨움에 사람들이 환호성을 지르고 나는 얼떨떨하게 앞으로 나가 장원 급제자들이 쓰는 모자를 하사받았다.

할아버지가 흐뭇하게 바라보고 관중석의 아버지가 만감이 교차하는 듯 웃고 있다.

에라 모르겠다.

나는 양손을 들고 흔들었다.

"……하하하! 감사합니다. 감사합니다."

줄 때 그냥 받아먹자.

나중에 뱉어 내라고 하지는 않겠지.

◆ ◆ ◆

장원 급제 발표 며칠 전.

시험관 수십이 죽은 이 사상 초유의 사태에 어떤 결과를 발표해야 할지에 대한 회의가 열렸다.

전미도는 수많은 선인들과 국왕 신유철, 왕자 신유민, 신태민 앞에 두고 무과에서 있던 사건을 요약했다.

"괴한은 최소 색의를 입은 선인이라고 볼 정도였습니다."

그러자 한 선인이 손을 들며 말했다.

"암부입니까?"

"이들의 시체를 확인해 보았지만 신원을 특정할 수는 없었습니다. 새로운 집단으로 생각되는 흔적은 있었으나 기만 작전일 수 있습니다."

시험관들의 시신에서는 이상한 문구가 발견되었다.

새로운 하늘과 땅을 연다.

그러나 그것에 큰 의미를 둘 수는 없었다.

저 정도의 고수를 가지고 있는 집단이 이렇게 갑작스럽게 큰일을 벌이지는 않을 테니 말이다.

가만히 듣고 있던 신태민이 전미도를 턱으로 가리키며 말했다.

"그래서 이번 무과는 어떻게 되는 겁니까?"

"이번 무과는 하루 동안 모의 임무에서 보여 준 모습과 비무를 통해 급제자를 선택했습니다. 결과는 여기 있습니다."

전미도는 미리 준비한 결과 발표지를 펼쳐 주었다.

급제자들은 대부분 하급 무사, 그리고 소수의 중급 무사로

되어 있다. 하지만 그곳에 이서하의 이름은 없었다.

"이서하가 없는데, 탈락한 겁니까?"

신유민이 묻자 전미도가 고개를 흔들었다.

"아닙니다. 이서하에 대해서는 건의할 것이 있어 결과를 유보해 놓았습니다."

"호오."

국왕 신유철이 처음으로 입을 열었고 모두가 그를 돌아보았다.

"말해 보아라."

"네, 이서하에게는……."

전미도는 잠시 신태민을 바라보았다.

수도에서 일을 하는 선인으로서 신유민과 신태민의 상황을 모를 수는 없기에 보통은 조심스러울 수밖에 없었다.

하지만 전미도는 어느 줄도 탈 생각이 없었기에 솔직하게 말했다.

"이서하는 백의선인으로 임명해야 한다고 생각합니다."

"……그게 무슨 말씀이십니까!"

젊은 선인이 크게 외치며 일어났다.

"신인 시련도 겪지 않은 무사가 어찌 선인이 될 수 있단 말입니까?"

선인(仙人).

무공 실력은 물론 타인에 귀감이 되는 성품, 강인한 정신력, 믿고 따를 수 있는 통솔력까지 갖춘 이들만이 얻을 수 있는 칭호였다.

선인들의 수준이 최근 들어 많이 낮아졌다고는 하지만 선인 시련을 통과하지 못한 자가 선인이 되는 건 허락할 수 없었다.

하지만 전미도는 표정 하나 바꾸지 않고 말을 이어 갔다.

"충분히 자격을 갖추고 있다고 생각합니다. 이서하는 엄청난 고수를 상대로도 물러서지 않고 자신을 희생하며 동기들을 지켜 냈습니다. 무공 실력은 물론 약자를 지키는 올곧은 성품과 강인한 정신력, 거기다 자신의 조를 적재적소에 배치하는 통솔력까지. 선인이 되지 못할 이유는 없다고 생각합니다."

전미도의 말에 선인들은 혀를 차며 고개를 절레절레 흔들었다.

18살이 선인이라니.

그런 말도 안 되는 일을 용납할 기성세대는 존재하지 않았다. 특히 신태민과 친분이 있는 이들은 더욱 강하게 반대했다.

"그럴 수는 없습니다. 경험도 없는 18살이 선인이라뇨?"

그때 신유민이 말했다.

"경험이 없지는 않죠. 참여했던 원정대가 전멸당한 적도 있고, 2차 북대우림 원정에서 천우진을 베었으며, 또한 이번 무과에서의 생존까지 생각한다면 수도에 박혀 세월이나 보내는 선인들보다도 더 경험이 많다고 볼 수 있지 않겠습니까?"

"크흠……."

신유민의 말대로다.

만약 이서하가 정말로 초절정의 고수를 상대로 생도들을 지켜 낸 것이라면 선인 칭호를 주지 못할 이유가 없었다.

그러자 신태민 측의 선인이 입을 열었다.

"하지만 정말로 그 괴한이 초절정 이상의 고수라는 보장이 없지 않습니까? 전미도 선인이 자신의 실패를 변명하기 위해 적을 치켜세우고 있을 수 있지 않습니까?"

전미도는 인상을 찌푸렸다.

"그냥 넘어갈 수 없는 말입니다만……."

"그럼 그 고수의 얼굴은 보았습니까? 사실 전미도 선인은 이번 일로 처벌받아야 하는 처지가 아닙니까? 이서하가 실수를 만회해 주어 고마운 건 알겠습니다만 사심이 너무 들어갔습니다."

화제(話題)를 공격할 수 없다면 화자(話者)를 공격하면 된다.

전미도는 그저 묵묵히 듣고 있다 국왕 전하에게로 시선을 돌렸다.

늙은이들과 말싸움할 필요는 없다.

어차피 결론은 국왕 전하가 내리는 것. 턱을 괴고 앉아 생각하던 신유철은 미소와 함께 입을 열었다.

"다른 선인들의 말이 맞다. 선인 시련도 받지 않고 선인이 될 수는 없는 법이지."

"……알겠습니다."

"그래도 시험관으로서 이서하에게 뭔가 더 주고 싶다면 그렇게 하도록 하거라. 장원 급제라든지 뭐든지. 그럼 회의는 여기까지 하도록 하겠다. 앞으로의 일은 전 선인에게 맡기지."

회의가 끝나고 신태민은 선인들과 웃으며 대화를 나누었다.

이서하가 바로 선인이 되는 것을 막았다는 것에 만족하는 것만 같았다.

전미도는 아니꼬운 듯 그 광경을 보다 생각했다.

"내가 주고 싶은 걸 주라고 하셨었나?"

아직 저들이 좋아하기는 이른 거 같은데 말이다.

그렇게 무과 발표 당일.

"또한, 참군(參軍)에 임명한다."

참군 발표가 나자 모두의 표정이 볼만했다.

신유민이 선수를 치듯 일어나 손뼉을 치기 시작했고 동시에 신유철이 껄껄거리며 웃었다.

선인으로 임명하지는 않았으나 선인으로 임명한 것이나 다름없는 상황.

전미도는 당황하는 신태민 측 선인들을 보며 생각했다.

'엿이나 먹어라.'

그렇게 발표식이 끝나고 선인들은 신유철에게 달려가 항의했다.

"고작 무과를 치른 아이가 참군이라니요! 있을 수 없는 일입니다!"

"저어어어어언하! 통촉하여 주시옵소서!"

"하하하하, 왜 그러는 것이냐? 상급 무사라고 참군이 되지 말라는 법은 없지 않으냐? 이 나라의 미래 수백을 살렸으니 그 정도는 줄 수 있지. 난 전 선인에게 모든 것을 맡겼고 법적으로도 문제가 될 게 없으니 할 수 있는 게 없다."

그걸로 끝이었다.

흐뭇하게 선인들의 징징거림을 듣던 전미도는 이서하를 떠올리며 생각했다.

'아직 빚을 갚은 건 아니지.'

무과의 결과는 이서하가 마땅히 받아야 하는 것을 받았을 뿐.

아직 빚은 갚지 못한 전미도였다.

'언젠가 기회가 있겠지.'

언젠가 빚은 꼭 갚는다.

전미도는 그렇게 생각하며 남문으로 돌아갔다.

무과 발표 날 이후.

나는 하루 중일 술을 마시며 손님늘을 상대해야만 했다. 할아버지는 말할 것도 없이 기뻐했고 아버지 또한 자랑스럽게 손님들에게 내 자랑을 하고 있었다.

낮이고 밤이고 술판이 벌어졌고 주인공인 나는 어쩔 수 없이 잔을 받아야만 했다.

불행 중 다행이라면 내가 술고래라는 점일까.

원래도 잘 마신 데다가 모든 독을 정화해 주는 공청석유까지 복용한 덕분에 술은 나에게 물이나 다름없었다.

덕분에 화장실만 수십 번 왕복할 뿐 취하지는 않는다.

"취해 본 게 언제인지 기억도 안 나네."

나는 혼자 빠져나와 높은 하늘을 올려 보았다.

겨울의 청량한 하늘에 별이 빛나고 있다.

'무과가 끝났구나.'

이렇게까지 좋은 결과가 나올 줄은 몰랐다.

상급 무사가 되어 1년 안에 선인 시련을 받자.

그렇게 생각을 했을 뿐.

바로 참군에 임명되어 자유롭게 자신의 부대를 운용할 수 있게 될 줄이야.

'역시 난 운이 좋아.'

위기는 기회가 된다고 하지 않던가.

김희준이 나타났던 그 위기가 나에게는 새로운 기회가 되어 돌아왔다.

'내년부터는 다시 바빠진다.'

사실 올해를 쉬고 내년부터 바빠질 예정이었는데 올해도 전혀 쉰 거 같지 않다.

금수란, 백야차부터 김희준까지. 지금도 오금이 저리는 고수들과 만나 버렸다.

하지만 몸을 사릴 수는 없다.

'출세도 해야 하고, 만나야 할 사람들도 있고, 그리고······.'

소대(小隊) 하나로는 역사를 바꾸기 힘드니 출세해야 한다.

거기다 아직 재야에 묻혀 있는 무인들이 꽤 있고, 군에도 뛰어난 인재들이 있다.

이들과 친분을 쌓아 최종 전쟁도 준비해야 한다.

아니, 그 전에 왕자의 난도 있구나.

바쁘다. 바빠.

이렇게 생각하다 보니 날 참군으로 임명해 준 전미도가 고마워지기 시작했다.

나중에 한번 제대로 인사라도 해야겠다.

'하지만 가장 중요한 것은 청매소다.'

청매소(靑霉素).

당장 내년 초에 들어오는 상인들에게 청매소를 확보해야 한다.

만약 없다고 한다면 내년이라도 가져와 달라고 주문을 넣어야만 할 정도로 중요한 일이었다.

'해 보자. 할 수 있다. 할 수 있다.'

그렇게 다시금 정신 무장을 할 때였다.

"어이, 도망자."

아버지의 목소리가 들려왔다.

저 멀리서 아버지가 비틀거리며 다가오는 것이 보였다.

아무래도 술을 거하게 드신 것만 같다.

"도망자는 그쪽이신 거 같습니다만. 아버지."

"정답이다. 도망치지 않으면 술독으로 죽을 것만 같더구나. 이거라도 먹을 테냐?"

아버지는 환약(丸藥) 상자를 하나 내밀었다.

숙취를 풀어 주는 것이었다.

"전 괜찮습니다. 전혀 취하지를 않아서."

"그럴 줄 알고 이미 내가 먹었다."

"……."

또 당했네. 이 아저씨.

아버지는 피식 웃으며 내 옆에 앉고는 말했다.

"해냈구나. 진짜로 성무학관에 들어가 할아버지가 갔던 길을 그대로, 아니 더 앞질러서 가는구나. 난 네가 해낼 줄 알았다. 의심 한 번 한 적이 없었어."

"완전 의심의 눈초리였는데요."

"아니! 어떻게 알았지?"

정말이었던 거냐?

아버지는 피식 웃고는 말을 이어 갔다.

"농담이야. 인마. 넌 네 엄마를 닮아 해낼 줄 알았다. 술 잘마시는 것도 너희 엄마를 닮은 거지. 내가 네 엄마랑 술 내기했다가 제대로 깨졌던 적이 있는데……."

"들었습니다. 엄마한테 업혀서 들어오는 바람에 친구들이 남자의 수치라고 불렀다고 말입니다."

"그 얘긴 또 언제 했냐?"

"술 마실 때마다 했었죠."

"그랬었냐? 입이 방정이구나."

아버지는 쓸쓸하게 웃다가 말했다.

"넌 그래도 노력하는 대로 다 이루어지는구나. 나는 그러지 못했다. 노력했음에도 안 되는 것이 많았지. 그런 내가 너에게 할 수 있는 말은 많지 않으니 앞으로도 너는 네가 하던 대로 살아라. 그래도 하나만 부탁하자면……."

아버지는 나의 눈을 바라보며 말했다.

"나보다는 오래 살아 다오."

그리고는 기침을 하며 자리에서 일어났다.

"날씨가 춥구나. 얼른 들어가자."

나는 쓸쓸하게 걸어가는 아버지의 등을 바라보며 말했다.

"오래 살아야죠. 아버지도 저도……."

그렇게 내 인생의 제2막이 시작되고 있었다.

성무학관을 졸업해 한 가지 아쉬운 점은 방학이 없다는 것이다.

나는 청신학관에서 잠시 휴식을 취한 뒤 바로 수도로 복귀했다.

참군(參軍)부터는 병조에 개인실을 배정해 주었다.

"왕궁에 자기만의 공간이 있다는 것은 엄청난 일이지. 자부심을 가지게."

병조에서 만난 선인은 자기가 선심 쓰듯 나에게 말했다. 분명 내가 참군에 임명되는 것을 떨떠름하게 보던 사람 같은데 말이다.

어쨌든 난 배정받은 내 부대 전용 회의실로 향했다.

고작 사각 책상 하나만 덜렁 있는 작은 방.

이제 막 선인이 된 사람들은 기대에 부풀어 이것저것 가져다 놓으며 꾸미겠지만 난 그럴 생각이 없다.

"어차피 오래 쓸 방도 아닌데 꾸밀 필요는 없지."

그러니 오늘 아침에 산 사군자(四君子)만 사방에 놓고 책상 위엔 비단 덮개와 자사호, 그리고 장인이 만든 찻잔 정도만 두면 될 것만 같다.

"좋아. 완벽해."

이 정도면 기본만 한 셈이지.

암, 그렇고말고.

그나저나 내 부대에는 누가 배치될까?

보통 참군(參軍)의 소대는 약 5명에서 10명 정도로 만들어진다.

부하는 최소 4명에서 9명까지인가?

부대원은 위에서 배치해 주는 것이기에 나에게는 선택지가 없다.

될 수 있다면 내 친구들을 다 데리고 오고 싶지만……

그렇게 생각할 때였다.

"짜잔!"

상혁이가 문을 박차며 들어와 말했다.

"이 형님이 도와주러 왔다. 음하하."

"문 부서져. 경거망동하지 마. 네가 부하니까. 서하 대장님이라고 불러야지."

"……진짜로 그렇게 해야 해?"

"응."

아린이는 단호하게 말하고는 나에게 말했다.

"중급 무사 유아린. 오늘부로 이서하 대장님을 모실 수 있게 되어 영광입니다."

부담스럽다.

어마어마하게 부담스럽다.

"아니, 차라리 상혁이처럼……"

그때 뒤에서 수지율이 들어와 한쪽 무릎까지 꿇는다.

"중급 무사 주지율. 목숨을 바쳐 이서하 대장님을 모시겠습니다!"

이거 미치겠네.

저 둘은 왜 저렇게 진지해?

주지율은 본 박민주는 당황한 얼굴로 말했다.

"나, 나도 저렇게 해야 해?"

"아니! 하지 마!"

더는 분위기가 무거워지지 않았으면 좋겠다.

"그냥 반말해. 남사스러워 죽겠다. 그런데 잠깐만, 그럼 내 부대원들이⋯⋯."

"우리야. 외로워서 울고 있을까 봐 우리가 왔다."

딱 내가 원하던 소대다.

이게 가능한가? 위에서 누가 봐주지 않으면⋯⋯.

"아, 내 뒤에 국왕 전하가 있었지."

내가 이 나라에서 가장 강한 연줄을 가지고 있다는 것을 깜빡하고 있었다.

"임무 중 호칭은 대장으로 통일하고 부대장은 아린이로 할게."

아린이가 당연하다는 듯 고개를 끄덕였고 상혁이는 심드렁하게 손뼉을 쳤다.

"부대장 뭐 귀찮기만 하고 그렇지. 원래부터 하고 싶은 생각 없었어. 물어보면 어떻게 거절해야 하나 고민하고 있었다니까."

"무과 시험 성적 백십⋯⋯."

"어허! 그만. 뭘 그렇게 옛날얘기를 하고 그러시나. 난 아린이가 하는 거 찬성."

"그럼 반대할 생각이었어?"

아린이의 말에 상혁이는 입맛만 다셨다.

상혁이도 괜찮은 부대장 후보였다.

주지율은 임기응변이 되지 않았고, 박민주는 애초에 지휘관이 될 수 있는 그릇이 아니었으니까.

그렇게 되면 아린이와 상혁이 둘만 남게 되는데 난 고심 끝에 아린이를 선택했다.

'상혁이는 사람만 좋으니까.'

상혁이가 이타적이라면 아린이는 극한의 이기주의 성향을 가지고 있다. 뭐든 나를 위해 선택할 것이고 내가 없을 때는 그편이 낫다.

적어도 부대원들은 전부 살려 돌아올 테니까.

"근데 우리 부대 이름은 뭐야?"

"아, 그건 태자 저하가 정해 줬어."

부대 이름은 보통 윗선에서 정해 주기 마련이었다.

"우리 부대의 이름은……."

난 태자 저하가 직접 적은 부대 이름을 벽에 붙였다.

모든 어둠을 밝히는 빛이 되어라.

광명대(光明隊).

"지금부터 우리는 광명(光明)이다."

정식 무사로서의 첫걸음이 시작되었다.

Chapter 45.

"김성필이 실패했군요."

허남재는 어깨를 으쓱하며 말했다.

"김희준이라는 강한 패를 들고 나왔음에도 실패한 것을 보면 이서하라는 놈이 대단하긴 한가 봅니다. 하하하. 이거 진짜로 긴장해야겠는데요? 지금까지야 그냥 어린애 장난이라고 생각했는데 신평 때도 그렇고 직접 뒤통수를 맞아 보니 얼일합니다. 하하하!"

뭐가 신났는지 웃는 허남재를 보며 신태민은 표정을 굳혔다.

상급 무사이면서 참군(參軍).

생도 신분으로도 여기저기 들쑤시고 다니던 놈이 또 얼마나 까불고 다닐지 상상도 되지 않았다.

"처웃기만 하지 말고 방법을 생각해 내야 하지 않겠냐? 네 계획이 점점 틀어지는 거 같은데. 나만 그렇게 생각하는 거냐? 건하야."

"아닙니다. 확실하게 틀어지고 있습니다."

신평은 더는 중립이 아니다.

이서하를 증오하는 성도는 확실히 신태민의 편을 들 테지만 운성은 아직도 간을 보고 있다.

마지막으로 계명.

그들은 아마 정치적 다툼에 끼어들지 않을 것이다.

그렇다면 신태민은 성도만 가지고 신평을 가진 신유민을 상대해야 한다.

"신평을 상대로는 수도에 있는 모든 무사를 모아도 우리가 밀릴 텐데 말이야."

"그렇겠죠. 그럴 겁니다. 그래도 이서하가 참군이 되었으니 좋은 쪽으로 생각해야죠."

"어떻게 해야 이서하가 출세한 것이 좋게 해석되지?"

"일개 무사는 책임을 지지 않으니까요. 하지만 한 소대의 대장은 다르죠."

이서하는 지휘관이다.

지휘관의 명령에 따라 행동하는 일개 무사는 책임을 지는 일이 없지만 지휘관은 다르다.

"한 번만 미끄러져도 지금까지 쌓아 온 공든 탑이 무너져 내릴 겁니다."

이제 이서하는 실패에 변명할 수 없다.

"이서하는 적이 많습니다. 단 한 번의 실패만으로도 나락으로 떨어질 수 있죠."

신태민을 지지하는 선인들, 나이가 많고 닫힌 사고를 가진 무사들, 거기에 청신을 질투하는 대가문의 사람들까지.

한 번이라도 실패하면 사방에서 이서하를 물어뜯을 것이고 그건 태자 저하든, 국왕 전하든 어떻게 해 줄 수 있는 일이 아니다.

"판만 한번 제대로 깔면 알아서 떨어질 겁니다. 그리고 계획이 틀어지고 있다고 한들 흐름에서 벗어난 것은 아니니 걱정하실 거 없습니다. 적이 강해진다고 우리가 약해지는 것은 아니지 않습니까? 너무 심려치 마십시오."

"여전히 입은 살았구나."

"칭찬으로 듣겠습니다."

허남재는 자신 있는 미소와 함께 회의실을 나왔다.

홀로 남은 그는 표정을 굳혔다.

'문제는 이서하의 출세가 아니다.'

출세는 아무런 문제가 되지 않는다.

정말 가장 큰 문제는……

'고연수가 죽었다.'

신유민 측에 심어 두었던 고연수가 죽은 것.

그것이 가장 큰 문제다.

'어떻게 알았지? 고연수는 쉽게 정체를 들킬 인물이 아니었는데.'

유일한 변수는 신유민의 세력이 강해짐에 따라 희망을 본 고연수가 배신하는 것뿐이라고 생각했다.

실제로 약간의 흔들림이 보였기에 마음을 다잡을 계기까지 만들어 주었다.

천마산에 그가 가장 혐오하는 선인들을 배치함으로써 말이다.

그런데 들켰다.

'이서하인가?'

성무대전에 나타나지 않은 것으로 고연수를 죽인 것이 그라는 것을 충분히 추측할 수 있었다.

'도대체 어디까지 알고 있는 것일까?'

이상하다.

아무리 후암을 뒤에 가지고 있다고 한들 정보력이 이 정도일 수 있을까?

'어쭙잖게 움직일 수는 없다.'

고연수가 죽었음에도 역공이 없다는 것은 고연수와 허남재 측이 연결되어 있다는 증거를 못 잡은 것이 분명하다.

'마치 신과 장기를 두는 느낌이구나.'

이서하는 모든 것을 알고 있다.

그런 결론을 낸 허남재의 등에 식은땀이 흘렀다.

하지만 이내 빙긋 웃으며 말했다.

"그것도 재밌지."

은월단의 알 수 없는 단장.

신유민의 두뇌이자 칼인 이서하.

이 둘과의 놀이가 즐겁기만 한 허남재였다.

◆ ◈ ◆

무과에 통과하고 광명대가 만들어진 지 3개월이 지났다.

그동안 광명대는 많은 임무에 나가서 완벽하게 해냈다.

"잡아! 저기로 도망쳤다!"

"위치로 몰아!"

나와 아린이는 오른쪽에서, 상혁이와 지율이가 왼쪽에서
목표를 몰았다. 이윽고 목표가 나무 밑에 도착하는 순간 박민
주가 뛰어내렸다.

"올라탔어!"

박민주는 목표의 목을 꽉 잡고 외쳤다.

하지만 목표는 미친 듯이 발버둥을 칠 뿐이었다.

"꺄아아아아아악! 살려 줘!"

목표가 박민주를 등에 태우고 달리는 것을 보며 나는 입맛
을 다셨다.

"이것도 어렵네."

이번 임무는 탈출한 신평의 명마(名馬)를 잡는 일이었다.

누가 이름난 명마 아니랄까 봐 속도가 빠르고 힘도 좋다. 인위적으로 음기에 노출시켜 적당히 마수화된 종이었기에 쉽게 다룰 수 없었다.

박민주가 멀어지는 것을 보며 상혁이가 다가와 물었다.

"이제 어떡하지? 민주 괜찮을까?"

"음마(淫馬)를 다루는 법 익혔으니까 언젠가 끌고 오겠지."

"끌고 오는 게 아니라 끌려가는 거 같은데."

"괜찮아. 민주는 해낼 수 있을 거야."

난 민주가 들을 수 있게 외쳤다.

"민주야! 믿는다! 꼭 끌고 와!"

"꺄아아아아아아아아아악! 도와 달라고! 도와준다며!"

대답이 우렁찬 거 보니까 해낼 수 있을 것만 같다.

"……우린 집에 가자."

요 3개월간은 항상 이런 식이었다.

임무라고는 무사들이 아니어도 가능할 법한 쉬운 일들뿐이었다. 위험한 마수라고는 구경도 해 본 적이 없고 검을 뽑아 본 적은 전무했다.

"우리 이름이랑은 너무 따로 노는 거 아니야?"

상혁이의 말대로 광명이라는 이름과는 너무나도 다른 행보였다.

광명이라는 게 뭐야? 어둠을 밝히는 빛 아니야?

조금 더 사회의 어둠과 마주할 줄 알았는데 말이다.

하지만 이해는 간다.

'아끼는 거겠지.'

괜히 위험한 임무에 나갔다 나를 포함한 광명대가 싹 다 쓸린다면 그만한 손실도 없다.

특히 신유민 입장에서는 조심스러울 수밖에 없다.

무과도 그렇고, 금수란의 일도 그렇고, 계속해서 내가 위험에 노출되어 온 것을 알기에 수도 근방에서 나가지 못하게 하는 것이겠지.

수도에 도착한 나는 바로 왕궁으로 들어갔다.

들어가자마자 한 젊은 선인이 나에게 외쳤다.

"어이, 이 무사. 말은 잘 잡았나? 꼴이 말이 아닌데? 아주 격렬했나 봐?"

"말이랑 뒹굴다 왔나 보지. 하하하."

질리지도 않고 시비를 걸어온다.

병조에서 나를 보는 시선은 두 가지로 나뉘었다.

날 미래의 대장군으로 보고 친해지려는 부류와 어떻게든 깎아내리고 인정하지 않으려는 부류.

처음에는 선자도 꽤 많았다.

천우진을 잡고, 무과에서 대단한 활약을 펼쳤으며, 육도검의 은인이라는 소문이 있었으니 말이다.

하지만 계속되는 잡일에 후자가 점점 늘어나기 시작했다.

나는 다 들리라는 듯 말했다.

"어휴, 찐따들."

이럴 때는 그냥 직설적으로 말해 주는 것이 좋다.

"뭐 인마?"

"야야, 참아."

어차피 아무것도 못 할 테니까. 역시 뒷배가 든든하면 좋다.

그렇게 철이 없는 선배들을 지나쳐 신유민 저하가 기거하는 서재로 향했다.

신유민 저하는 나를 보며 빙긋 웃었다.

"말은 잡았나? 꽤 거친 놈이라 힘들었을 텐데."

"지금도 잡고 있습니다. 부대원이 도와주고 있어요."

"그렇구나. 고생이 많다."

"그래서 말인데. 부탁이 하나 있습니다."

지금까지 3개월간 내가 수비대도 하지 않을 잡일을 맡아 온 것은 지금 이때를 위한 것.

'곧 서역의 상인들이 도착한다.'

상인들의 호위 임무에는 무슨 일이 있어도 꼭 참가해야만 한다. 그래야만 친분을 쌓든 청매소를 얻든 할 테니까.

"이번에 들어오는 서역의 상인 호위대에 광명대를 포함시켜 주셨으면 합니다."

신유민 저하는 표정을 굳히고 나를 바라봤다.

저렇게 심각할 필요가 있을까?

딱히 내가 그렇게 어려운 임무에 나가겠다고 한 것도 아니고 말이다.

물론, 매우 어려운 임무가 될 예정이지만.

'내 기억상 올해부터 서역의 상인들이 무사히 자기 나라로 돌아간 적이 없다.'

상인들은 모두 이역만리 떨어진 이 나라에서 목숨을 잃는다.

그것이 몇 년째 이어지자 상인들은 겁을 먹고 들어오지 않기 시작한다.

물론 상인들이 찾아오지 않는 건 작은 문제일 뿐이다.

실제로 서역의 문물에 관심이 있는 소수의 학자를 제외하고는 아무도 신경을 쓰지 않을 정도였으니 말이다.

하지만 이는 나찰이 서역으로 진출하는 데 큰 역할을 한다.

'동양이 전부 나찰에게 먹히는 동안 서역은 아무런 준비를 하지 못했지.'

제국은 쇄국정책으로 서역과 교류를 하지 않는다.

한마디로 동양과 서양을 잇는 유일한 창구가 바로 1년마다 오는 상인들뿐이라는 것.

그것이 끊어지면서 동서양의 정보 교류가 완전히 사라져 버린다. 여러 가지로 실패할 수 없는 중요한 일인 셈이다.

'하지만 일단은 허락부터 받아야겠지.'

나를 끔찍이 아끼는 신유민 저하가 쉽게 허락해 줄 리는 없지만 어떻게든 설득해야 한다.

이를 위해 호위대에 참가해야 하는 20가지의 논리적 이유와 15가지의 감정적 호소법을 생각해 두었으니 아무 문제가 없을 것이다.

신유민 저하는 책에서 눈을 떼며 말했다.

"그래? 그러지."

"……네?"

"상인 호위에 넣어 주마. 물론 나는 병조(兵曹)에 아무런 발언권이 없지만 너 하나 넣어 주는 것 정도야 가능하겠지."

뭐야?

지금까지 금지옥엽처럼 수도 안에서만 돌리더니 그 먼 원정을 그냥 허락한다고? 내가 준비해 온 20가지 논리적 이유와 15가지 감정적 호소법은 어떻게 되는 건가?

그렇게 멍하니 바라보고 있자 신유민 저하가 말했다.

"왜? 싫은가?"

"아닙니다! 바로 준비하겠습니다."

"그나저나 이상하군……."

"네? 뭐가……."

"아니네. 신경 쓰지 말고 가 보거라."

"네, 그럼 물러가 보도록 하겠습니다."

난 서재 밖으로 나오며 생각에 잠겼다.

원정은 바로 2주일 뒤였으니 바로 준비를 시작해야 한다.

'상인은 물론 호위대까지 전멸당하니 완벽하게 준비해야 해.'

기록이 한정적인 만큼 상인들의 이동 경로는 물론 그 주변의 지리를 전부 외워 만반의 준비를 해야만 한다.

나야 이미 달달 외우고 있었으니 문제없겠지만 상혁이 머릿속에 쑤셔 넣으려면 고생 좀 할 것 같다.

그나저나…….

서재 밖으로 나온 나는 신유민 저하가 있는 곳을 돌아보았다.

"뭐가 이상하다는 걸까?"

무사가 임무를 나가는 게 그렇게까지 이상할 게 있는가?

"지금은 신경 쓰지 말자."

지금은 다른 것을 신경 쓸 상황이 아니었다.

'이번 인생에서 가장 중요한 일 중 하나다.'

절대로 실패해서는 안 되는 계획.

그렇게 하루하루 결전의 날이 찾아오고 있었다.

서하가 떠나고 신유민은 자신의 친구이자 조언가에게 말했다.

"정말로 서하가 임무 하나를 콕 집어 참가하고 싶다는 말을 하는구나."

"네, 그럴 것 같았습니다."

미소를 지으며 답한 정해우가 표정을 굳히고는 서하가 나간 문을 바라보았다.

"이번에도 무슨 일이 일어날까요?"

"모르지. 하지만 만약 자네 말처럼 이번에도 무슨 일이 생긴다면…….."

이서하는 언제나 태풍의 중심에 있는 인물이었다.

그가 화강에 간 날, 나찰이 화강을 공격했다.

그가 소원까지 빌며 참가한 2차 북대우림 원정에서는 천우진이 날뛰었고, 무과에서는 초절정 고수가 난입했다.

그 외에도 백두검귀, 육도검 등등 많은 일들이 있었다.

이 모든 것을 우연이라고 볼 수 있을까?

누군가는 평생 한 번도 만나기 어려운 대사건을 연속해서 마주치는 것을 그냥 우연이라고 치부하며 넘어갈 수 있을까?

신유민은 작게 한숨을 내쉬며 말을 이었다.

"……그때는 이서하에게 뭔가가 있다는 뜻이 되겠지."

그것이 통찰력이든, 미래를 볼 수 있는 미래시(未來視)든 말이다.

어느 쪽이든 신유민에게는 좋은 소식이다.

"큰일만 없었으면 좋겠구나."

제발 살아서 돌아와 다오.

신유민은 그렇게 친구의 무사 귀환을 기도했다.

◆ ◈ ◆

"좋아. 다 맞았어."

"으아아아아! 졸업하고 또 공부라니!"

2주간의 치열한 공부 끝에 상혁이를 마지막으로 모두가 지리를 완벽하게 외웠다.

"그래도 출발하기 전에 갑, 을, 병, 정, 무, 기, 경, 신, 임, 계. 가장 중요한 10개의 위치도 다 외웠네. 계속 지도 보면서 생각해. 까먹으면 진짜 죽을 수도 있어."

"이걸 어떻게 까먹겠냐?"

상혁이는 머리를 긁적이며 자리에서 일어났다.

내일부터 호위 임무가 시작된다.

분명 하나의 중대로 이루어진다고 했지.

중대는 소대 다섯 부대다.

최소 25명에서 50명 정도로 그리 크지도, 작지도 않은 규모였다.

중요한 건 중대장이다.

'중대장은 누구려나?'

중대장의 이름은 역사서에 적혀 있지 않았기에 알 수 없지만 그리 능력 있는 인물은 아닐 것이다.

'능력이 있었다면 전멸당하지는 않겠지.'

물론 중대장의 능력만을 탓할 수는 없다.

역사서에 따르면 상인들은 도적 떼의 습격을 받았다고 되어 있으나 결코 평범한 도적 떼는 아닐 것이다.

중대장이 아무리 무능하더라도 선인이 포함된 중대를 괴멸
시킬 정도라면 고수가 포함되어 있을 것이 분명할 테니 말이다.

'암부? 아니면 다른 도적들?'

재야 고수가 많았기에 누가 습격해 올지는 예측하기 힘들
었다.

'하지만 최악의 상황까지 상정해 놓았으니 괜찮을 거야.'

모든 선인과 상인들을 살리는 것은 힘들 수도 있다.

최악의 경우 단 한 명의 상인만 살리더라도 충분하다.

적어도 내년 그에게 청매소를 가져와 달라고 부탁할 수는
있을 테니 말이다.

거기다 도적단의 정체를 알아내고 이들을 토벌할 수만 있
다면 근본적인 문제까지 해결할 수 있으리라.

그렇게 생각하며 걸을 때 멀리서 환호성이 들려왔다.

"또 신태민 저하야? 바쁘시네. 이번에는 어디로 가신담?"

"남쪽의 계곡으로 가신다더군. 갑옷 재료를 모으러 말이야."

신태민의 출정식이었다.

저 인간도 참 바쁘게 산다.

분명 남쪽의 무한 계곡으로 원정을 나간다고 했었지.

'남쪽 계곡에는 좋은 마수들이 많으니까.'

좋은 마수.

조금은 웃기게 들릴 수 있는 말이었다.

마수들은 인간에게 위협이 되는 존재로 매년 수많은 백성

들이 이들에게 희생된다.

하지만 동시에 마수들은 삶을 윤택하게 만들어 주는 좋은 자원이기도 했다.

음기로 강화된 신체는 무기와 갑옷의 재료가 되어 주었으며 동시에 백성들의 삶을 안락하게 해 주었다.

예를 들어 동백웅(冬白熊) 같은 마수의 가죽은 보온 효과가 탁월했고 웅담(熊膽)을 비롯한 모든 내장과 고기는 약재로 쓰일 정도였으니 말이다.

'쓸데없어 보이는 대군의(大軍蟻) 같은 마수도 식량으로 쓸 정도니까.'

실제로 꽤 맛도 있고 말이다.

그렇다 보니 신태민은 장기를 살려 주기적으로 원정을 나갔고 백성들은 살신성인하는 왕자를 보며 환호했다.

'모두가 강한 영웅을 좋아하기 마련이지.'

저 부분은 확실히 신태민의 강점이다.

'총출동했네.'

난 신태민의 뒤를 따르는 네 명의 무사들을 바라봤다.

신태민에게는 사무신(四武臣)이라 불리는 네 명의 무사가 있었다.

모두가 절정(絕頂) 이상의 고수들이었다.

특히 신태민의 바로 뒤에 딱 달라붙어 이동하는 진명이라는 무사의 실력은 상상 이상이라고 들었다.

'실제로 본 적은 없지만.'

조심해야지. 한 명의 고수가 수백의 무사보다도 더 무서운 법이니 말이다.

그래도 상혁이를 몇 년 더 키우면 어떻게 해볼 수 있지 않을까?

우리 상혁이가 머리는 나빠도 실력 하나는 끝내주는…….

"뭐 하냐? 집에 안 가고?"

호랑이도 제 말 하면 온다더니 상혁이가 산적 꼬치를 뜯어 먹으며 걸어왔다.

"그새 시장 가서 그거 사 왔냐?"

"이상하게 공부만 하면 배가 고프더라고. 수련할 때는 안 그런데. 나만 그러냐?"

"……많이 먹어. 많이 먹고 빨리 커야지."

언젠가는 나도 저기 신태민처럼 멋지게 출정식을 할 수 있 겠지.

아마 가능할 거야.

아마도.

◆ ◈ ◆

호위 임무를 시작하는 날.

아직 해가 뜨지 않은 묘시(오전 5시).

나의 광명대는 전원 가장 먼저 약속 장소에 나와 중대장이 오기를 기다렸다.

이윽고 함께할 소대가 차례대로 도착했고 대부분 나를 힐 끗힐끗 바라보며 수군거렸다.

이래서 너무 잘나면 피곤하다고 하는 거구나.

나는 혀를 차며 옆에 있는 상혁이에게 말했다.

"쯧쯧, 아무리 내가 잘생겼어도 그렇지 저렇게 힐끗힐끗 보면 쓰나?"

"뭐?"

"아무리 내가 잘생겼어도……."

"뭐?"

"그러니까……."

"뭐?"

"……아니다. 농담 좀 해 봤어."

본전도 못 찾았네. 앞으로는 아린이한테 해야겠다.

농담은 그만하고, 저들이 수군거리는 이유는 물어보지 않 아도 알 것만 같았다.

무과를 상급 무사로 통과했으며 동시에 참군(參軍)으로 임 명된 사상 초유의 유망주.

그게 바로 나. 이서하이니 말이다.

젊음을 전부 바쳐 선인이 된 이들의 눈에도, 하급 무사부터 기어 올라와 상급 무사가 된 이들의 눈에도 아니꼬울 수밖에.

"아무래도 우리를 좋아하는 소대는 없는 거 같네."

"이미 다 알고 있었던 사실이잖아. 새삼스럽게."

나와 상혁이가 자조적 대화를 나누자 아린이가 입을 열었다.

"상관하지 마, 서하야. 다들 질투심이 나서 그런 거니까. 네 말대로 네가 너무 잘생겨서 그런 거야."

"풉."

옆에서 빵 터지는 상혁이었다.

앞으로 애들한테 농담하지 말자.

한 번 더 했다가는 민망해 죽을 거 같으니까.

그렇게 생각할 때 누군가가 나에게로 다가왔다.

"오랜만이다. 서하야."

반갑게 다가오는 한 사람.

나에게 이렇게 반갑게 인사할 만한 소대장은 딱 한 사람뿐이었다.

거도대 출신의 이진수.

꼭 선인이 되어 훗날 내 부대에 들어오겠다고 말했던 사람이었다.

'진수 선인님도 호위에 참여하는구나.'

한 소대라도 내 편이 있다는 것은 고무적인 일이었다. 적어도 이진수는 어떤 상황에서라도 내 말을 믿어 줄 테니 말이다.

"광명대라. 꽤 좋은 별호를 지어 주셨네. 그럼 이제 광명의 이서하라고 부르면 되는 건가?"

"상급 무사한테 별호가 어딨겠습니까? 그냥 붙여 주신 이름이죠."

보통 부대 이름은 부대장의 별호에서 따온다.

하지만 나는 별호가 없었기에 그냥 신유민 저하가 만들어 준 것이었다.

어둠을 밝게 비춘다는 광명(光明)의 뜻이 내가 가고자 하는 길과 같았으니 정말 내 별호가 되더라도 나쁘지는 않다.

"그나저나 이 선인님의 부대 이름은 뭡니까?"

"나는 평범해. 선인 시험도 평범하게 통과했거든. 그냥 순경대(順境隊)라고 한다."

"순경대요?"

"모든 것을 순조롭게 한다는 뜻이지. 내가 지었어."

이진수는 빙긋 웃었다.

"다시는 그런 비극을 맞이하고 싶지 않아서 말이야."

"아하……. 좋은 뜻이네요."

이번에도 뭔가 큰일이 벌어질 거 같다는 말은 차마 할 수 없었다.

"자자, 주목! 중대장님의 말씀이 있겠다."

가장 늦게 도착한 중대장이 단상 위에 섰다.

30대 후반으로 보이는 중대장은 나름 근엄한 얼굴로 주변을 돌아보다 말했다.

"난 이번 호위 임무에서 중대장을 맡은 백의선인 백정엽이라고 한다. 단도직입적으로 말하겠다. 난 매우 엄격한 사람이다. 그러니 모두 실수 하나 없이 내 명령에 잘 따라 주길 바란다. 알겠나?"

"……."

백정엽이 중대장.

최악이다.

'이런 미친…….'

"중대장이 백의선인이네. 난 홍의나 청의일 줄 알았는데."

상혁이가 옆에서 중얼거리자 백정엽 옆에 있던 남자의 불호령이 떨어졌다.

"거기 꼬마! 아직 중대장님 말씀 안 끝났다! 잡담하지 마!"

"……뉘에뉘에."

백정엽은 기분이 좋지 않은 듯 헛기침을 한 뒤 말을 이어 갔다.

'아, 백정엽이라니. 많고 많은 선인들 중 백정엽이라니.'

중대장이 백의선인이라는 것은 문제가 되지 않는다.

백의선인들 사이에도 급이 있는 만큼 경험 많고 실력 좋은 이들은 중대장, 혹은 대대장까지도 역임하기도 하니까.

강무성이 그 대표적인 예가 아니던가.

백의를 입고 있음에도 장군급 직급인 만호(萬戶)로 임명되었으니 말이다.

강무성을 제외하더라도 시련만 통과하지 못했을 뿐 이미 색의(色衣) 선인급으로 평가받는 이들도 많다.

문제는 백정엽은 결코 그럴 만한 인물이 아니라는 것이다.

'백정엽. 백성엽의 동생이었지.'

백성엽은 신태민의 사무신 중 하나로 왕국 역사에서도 손꼽히는 명장이다.

하지만 형이 장점을 다 가지고 태어난 탓인지 그의 동생 백정엽은 졸장 중의 졸장이라고 불렸다.

'원래 이 호위대에 참여했었나? 아니지. 그럴 리가 없지.'

회귀 전에는 백정엽이 중대장이 아니었을 것이다.

그랬다면 그 역시 이 임무에서 전사했었을 테니 말이다.

하지만 회귀 전 백정엽은 꽤 오래까지 살아남아 나찰과의 전쟁까지 참여했었다.

물론 희대의 삽질을 하다 결국 자기 형의 손에 죽었지만 말이다.

'그때도 똥군기로 유명했지.'

백정엽의 부대에 있던 무사들은 하나같이 백정엽을 죽이고 탈영할까 고민했었다며 나에게 푸념했다.

전쟁터에서 같이 동고동락하면 유대감이 생길 만도 한데 그와 함께했던 모두가 이구동성으로 말했으니 백정엽의 똥군기가 얼마나 대단했는지를 알 수 있다.

'지금도 똥군기 부리겠다고 자기 입으로 말하고 있으니까.'

그렇게 생각할 때 백정엽이 나를 가리키며 말했다.

"특히 여기에는 경험이 미천한 상급 무사가 이끄는 소대도 있다고 들었다."

나를 쳐다보면서 말하는 것이 내 이름까지 알고 있을 느낌이다.

그럼 그냥 직설적으로 말해라.

남자답지 못하게 빙빙 돌리기나 하고 말이야. 쯧쯧.

"수도에서 길 잃은 고양이나 잡던 부대가 섞여 있는 만큼 다른 부대가 더 정신 차리고 잘해 주길 바란다."

그때 주지율이 번쩍 손을 들었다.

"고양이가 아니라 말이었습니다."

"아……."

안 돼. 지율아. 그게 그거야.

다른 소대가 '오오! 정말?' 하면서 손뼉을 쳐 주는 게 더 짜증 난다.

하지만 우리의 꼰대 백정엽은 웃음기 싹 뺀 표정으로 말했다.

"거기 꼬마. 발언권 없이 입을 열지 마라. 다시 한번 그러면 군법으로 처벌하겠다. 그럼 정확히 일각 뒤에 출발한다."

전혀 영양가 없던 연설이 끝나고 주변 소대원들이 낄낄거리며 멀어졌다.

'그래, 지금 많이 웃어 두는 것도 나쁘지 않지.'

모두 같이 개고생할 걸 생각하면 웃음거리 정도는 되어 줄 수 있다. 대인(大人)일수록 마음도 넓어야 하는 법 아니던가.

중대장이 능력 없는 것도 좋게 생각하자.

적어도 능력 있는 중대장이 죽을 염려는 없어지지 않았는가.

아니, 오히려 여기서 죽어 주면 고마운 중대장이다.

그렇게 나와 호위대는 서역의 상인들이 들어오는 경인항
(京仁港)으로 향했다.

경인항(京仁港).

저 멀리 거대한 배가 부두로 들어오고 있었다.

무역용으로 만들어진 서역의 범선은 그 크기만으로도 압
도적인 위용을 보였다.

최대한 많이 싣고 와서 최대한 많이 팔아야 하니 당연한 일
이다.

덕분에 아린이를 제외한 내 부대원들은 모두 놀란 얼굴로
범선에서 눈을 떼지 못했다.

쯧쯧, 촌놈들.

물론 회귀 전에는 나도 저랬다.

직접 서역에 가서 뾰족뾰족하고 높은 건물들을 보지 못했
다면 같은 표정으로 멍청하게 서 있었을 것이다.

상혁이는 호들갑 떨며 말했다.

"우리나라 범선보다 두 배는 큰 거 같은데?"

"무식하게 크다고 좋은 건 아니야. 배는 빨라야지."

지율이의 말에 나는 씁쓸하게 웃었다.

"저게 더 빨라."

"뭐? 저게 더 빠르다고?"

상혁이와 지율이가 놀란 듯 나를 돌아봤다.

어쩔 수 없다.

사실이니까.

조선(造船) 기술은 아무리 좋게 봐줘도 서양 쪽이 위였다.

아니, 솔직하게 말하면 거의 모든 분야에서 동양은 서양보다 떨어졌다.

조선(造船)은 물론 건축, 의학, 수학, 전술 등등 학문 대부분에서 서양은 100년 가까이 앞서 있다고 볼 수 있었다.

유일하게 동양이 서양과 비등, 혹은 앞선다고 볼 수 있는 것이 바로 무공 수준이었다.

'서양의 고수들은 우리들에 비해 좀 약했었지.'

서양의 기사들과 무사들의 실력 차이는 크지 않지만, 고수들끼리의 실력 차이는 꽤 났다.

'초절정 고수만 돼도 저기서는 최강 소리를 들을 수 있으니까.'

할아버지가 간다면 혼자서도 성 하나 정도는 손쉽게 먹을 수 있지 않을까?

덕분에 동양의 고수들은 서양 쪽에서도 인정해 주는 편이었다.

'미친 듯이 무공에만 매달린 덕분이지.'

이윽고 범선이 항구에 도착하고 짐꾼들이 분주히 무역 물품을 나르기 시작했다.

백정엽은 어깨에 힘을 주고 앞으로 걸어갔다.

그러자 어린 금발의 여자가 뛰어오더니 꾸벅 인사를 하며 말했다.

"안녕하십니까!"

"그래, 여기 대표님은 어딨지?"

"제가 대표입니다!"

백정엽은 표정을 굳혔다.

그럴 만하다. 대표라고 하기에는 너무 어려 보였으니까.

생각했던 것과 완전 다른 대표의 모습에 백정엽이 고개를 갸웃하자 여자가 먼저 말했다.

"상인 대표 엘리자베스 해리슨입니다. 죽은 아빠를 대신해 대표로 왔다. 그래서 말이 서투르다. 이해 부탁합니다."

확실히 말은 서툴다.

존댓말과 반말이 섞여 있었으니 말이다.

하지만 저 정도만 하더라도 훌륭한 수준이다. 서역에서는 우리나라 말을 배우기 힘들 테니 말이다.

엘리자베스가 당당하게 자기소개를 했음에도 백정엽은 긴 가민가한 얼굴로 그녀를 내려 보았다.

그러자 그녀의 옆으로 젊은 기사들이 모여들기 시작했다.

상인 대표의 직속 호위대.

그제야 백정엽은 그녀가 대표임을 인정하고 살짝 고개를 숙이며 말했다.

"호위대장 백의선인 백정엽이라고 합니다. 지금부터는 저희가 모시겠습니다."

"네! 잘 부탁합니다."

엘리자베스는 밝은 미소를 지었다.

금발 머리에 파란 눈. 작고 하얀 얼굴에 큼직한 이목구비가 조화롭게 들어가 있어 마치 다른 세계의 사람처럼 느껴졌다.

색목인을 처음 보는 무사들은 다들 그녀를 보며 한마디씩 했다.

"진짜 우리랑은 다르게 생겼네."

"얼굴이 하얀데? 분칠이 과한 거 아니야?"

"야, 색목인들은 기본적으로 얼굴이 하얀 거 몰라? 무식하기는."

무사들의 말을 들은 엘리자베스는 민망한 표정을 지으며 머리를 긁적였다.

'아무리 좋은 말이라도 기분 나쁘지.'

나도 경험해 본 적이 있기에 엘리자베스의 기분을 이해할 수 있었다.

'어쩔 수 없는 부분이다.'

인종이 다른 지역에서 장사할 생각이라면 사소한 건 신경 쓰지 않는 법도 배워야만 한다.

나만 해도 서역에 갔을 때 얼마나 많은 인종 차별을 겪었던가?

눈을 뜨라는 둥, 어디서 온 원숭이냐는 둥, 안경은 쓸 수 있냐는 둥, 말도 똑바로 못하냐는 둥…….

잠깐만, 생각하니까 열 받네.

그때였다.

엘리자베스의 뒤에 서 있던 한 기사가 앞으로 걸어 나오며 말했다.

"예의를 중요시 생각하는 나라라고 들었는데. 전혀 아니었군."

서역 말이었다.

아무래도 분위기로 자기들 욕을 하고 있다는 것을 알아들은 모양이었다.

'하긴 나도 말은 몰라도 다 알아들었지.'

못 알아들어 멀뚱멀뚱 쳐다볼 때 비웃는 그 얼굴을 아직도 잊을 수가 없다.

물론 서역에도 좋은 사람들은 많지만 나쁜 기억이 오래간단 말이지.

이쪽이 먼저 실수했으니 저 기사의 발언은 무시하고 넘어가…….

"하긴, 원숭이들한테 그 정도의 지성을 바란 우리가 잘못한 거지."

……지 못할 것만 같다.

저놈의 원숭이 소리만 들으면 아직도 치가 떨리거든. 나는 한 방 먹였다 생각하고 자기들끼리 낄낄거리는 기사들에게 말했다.

"야, 선 넘지 마라."

유창한 서역 말에 기사들은 화들짝 놀라며 나를 쳐다봤다. 그건 우리 쪽 무사들도 마찬가지였다.

"우리 쪽 무사들의 행동은 사과하지. 하지만 욕도 아니었는데 돈 한 푼 안 받고 도와주러 온 사람들한테 그런 발언은 좀 아니지 않아?"

기사는 콧방귀를 뀌었다.

"욕이 아니었다고? 그걸 우리가 어떻게 알지? 그리고 원숭이를 원숭이라고 부르는데 무슨 문제가……."

"빅터!"

엘리자베스의 외침에 기사가 흠칫 놀라며 말을 멈췄다.

"무사님 말이 맞습니다. 선 넘지 마세요. 우린 손님입니다. 말과 행동을 신중하게 하세요."

"쯧, 너 운 좋은 줄 알아라."

"빅터. 그만하라고 했을 텐데요."

"……네, 아가씨."

빅터는 불만 가득한 얼굴이었으나 이내 고개를 숙이며 뒤로 물러났다.

엘리자베스의 말에는 두 가지 의미가 있었다.

한 가지는 손님인 만큼 상대에게 예를 다해야 한다는 것이고 다른 한 가지는 밉보이면 끝장이라는 뜻이었다.

막말로 이쪽에서 변덕을 부려 이들을 약탈하기로 한다면 저들은 저항할 방법이 없다.

'그래도 대표를 맡을 만큼의 판단력은 있다는 건가?'

그나저나 우리 말을 할 때는 한없이 어린애 같았는데 자기네 말을 할 때는 그런 느낌이 전혀 없는 엘리자베스였다.

저것이 원래 성격이겠지.

"제가 대신 사과하겠습니다. 도를 넘은 발언을 용서해 주십시오."

"그러죠."

"그래도 우리 말을 할 수 있는 사람이 있어서 좋네요. 제가 말이 좀 서툴러서 걱정을 많이 했었는데."

"제가 도울 수 있는 게 있다면 최대한 협력하겠습니다."

저 빅터라는 놈 덕분에 엘리자베스와 대화를 튼 것은 고마운 일이었다.

일개 호위무사가 대표와 대화할 기회는 많지 않으니 말이다.

'대표라면 가져온 물건도 다 외우고 있겠지.'

적당히 친해진 뒤 청매소를 가지고 있냐고 물어보면 될 것만 같다.

그나저나 빅터라는 놈이 씩씩거리는 것으로 보아 이걸로 끝날 거 같지는 않은데 말이다.

그렇게 일련의 상황이 끝나자마자 친구들이 모두 나에게 다가왔다.

"야야야, 뭐라고 그런 거야?"

"모르는 게 약이다. 알면 화날걸?"

"우리 욕한 거 맞지? 분위기가 딱 그렇던데."

나는 주변을 돌아봤다.

백정엽은 물론 다른 소대원들도 도대체 저 기사와 내가 무슨 대화를 나눈 건지 궁금해하는 눈치였다.

하지만 안 말해 줄 거다.

말해 주면 큰일 날 거 같기도 하니 말이다.

'평생 궁금하라지.'

이래서 사람은 배운 게 많아야 한다.

이윽고 양하(陽河) 작업이 끝나고 거대한 상단이 뱀처럼 움직이기 시작했다.

"자, 우리도 가 보자."

아티카는 거대한 상단을 내려다보며 표정을 굳혔다.

'여왕이 있다.'

저 상단 호위에는 여왕도 있다.

한 번 아린과 붙어 본 아티카는 이제 멀리서도 그녀의 기운을 알아차릴 수 있었다.

'이서하가 참여했다고 해서 혹시나 했는데······.'

역시나였다.

그때 뒤에서 누군가 다가왔다.

"이제야 움직이나? 엄청나게 꾸물거리네."

백야차였다.

원래는 소수의 나찰과 암부의 살수들로 상단을 습격할 예정이었다.

선인들이야 나찰이 제거해 주면 될 일이고 나머지는 암부의 살수들이 가볍게 처리할 수 있으니 말이다.

작업이 끝난 뒤 현장에 민간인들 시체 몇 개만 던져 놓으면 도적단의 짓으로 위장할 수도 있다.

하지만 은월단은 이서하가 호위대에 합류한다는 소식을 듣자마자 계획을 수정했다.

만에 하나라도 실패하지 않을 최강의 패를 사용하기로 말이다.

그것이 바로 백야차(白夜叉).

최강의 나찰이었다.

"그럼 우리 어린 친구는 계속해서 상단의 위치를 알려 주도록 해."

"알겠습니다."

아티카는 고개를 숙였다.

아티카의 역할은 하나.

비행 마수로 상단의 위치를 수시로 확인해 주는 것뿐이었다.

"자자, 일하러 가자. 일하러."

미리 작전 장소로 향하던 백야차는 미소를 지었다.

'그 꼬마가 있다고 했었지.'

자신을 상대로 잠시나마 대등하게 싸웠던 인간.

그 녀석을 다시 만난다는 것만으로도 이 작전에 참여할 가치는 충분했다.

백야차의 말에 쉬고 있던 나찰들이 움직이기 시작했다.

붉은 머리의 여자와 짧은 은빛 머리의 남자.

키가 8척은 되는 거대한 나찰까지.

아티카는 그들을 바라보다 한숨을 내쉬었다.

'백야차의 멸인대(滅人隊).'

단순히 백야차뿐만이 아니라 그가 자랑하는 부하들까지 함께하는 작전.

'여왕……'

계속해서 유아린이 생각난다.

'잡념이다. 지우자.'

지워야 한다.

그녀는 적이기에.

아티카가 걱정할 필요가 없다.

그렇게 운명의 순간은 점점 다가오고 있었다.

Chapter 46.

한참을 이동하던 상단은 점심시간이 되어 잠시 이동을 멈추었다.

"잠시 휴식한다. 바로 점심 준비를 해라."

백정엽의 명령에 광명대 또한 점심 준비를 위해 분주하게 움직였다.

식사 준비 중 주변을 둘러보던 아린이 말했다.

"서하는?"

"아까 그 색목인 여자랑 대화한다고 갔어. 물어볼 게 있다나 봐. 우리끼리 먼저 먹고 있자고."

점심 식단은 구운 생선과 장아찌, 미역국과 밥이었다. 상

157

단 호위 임무는 다른 원정과 달리 사치스러운 식사를 할 수 있었다.

주기적으로 도시에 들러 신선한 재료를 확보할 수 있었고 수십 대의 수레를 끌고 가는 마당에 식자재용 수레 하나 정도 더한다고 문제 될 것이 없었으니 말이다.

거기다 무사들은 대부분 대식가다.

전쟁이나 원정같이 어쩔 수 없을 때를 제외하면 최대한 맛있게, 그리고 배부르게 먹는 것이 전통이었다.

그렇다 보니 박민주는 기사들을 이해할 수 없었다.

"저 사람들은 배고프겠다."

기사들은 딱 봐도 딱딱해 보이는 것을 국에 찍어 먹고 있었다.

빵과 스프. 기사들에게는 평범한 식단이었으나 무사들이 보기에는 간식거리나 다름없었다.

"멀리서 오느라 먹을 걸 안 가지고 왔나?"

"좀 나눠 줄까? 같은 처지니 친하게 지내면 좋잖아? 그리고 재들 자기 나라 돌아가서 '거기 사람들은 자기들만 배불리 먹더라' 하면서 흉볼 수도 있고."

"그래 그러자!"

박민주가 고개를 끄덕였다.

손님 대접은 해야 하지 않겠는가?

그렇게 기사들에게 향한 두 사람은 멋쩍게 손을 들어 인사했다.

"안녕."

기사들은 상혁과 민주를 힐끗 쳐다보고는 자기들끼리 대화를 나누었다.

"뭐야? 저 원숭이는?"

"몰라. 그냥 웃어. 어차피 우리 말 못 알아들어."

기사는 빙긋 웃어 보였고 상혁은 그것을 호의로 받아들이며 앉았다.

"이거 나눠 먹자. 맛있어."

기사들은 미소를 지은 채 말을 이어 갔다.

"뭐라는 거냐?"

"먹어 보라는 거 같은데?"

"뭔데 이거?"

기사들은 익숙한 생선부터 한입 먹어 보고는 서로 대화를 나누었다.

"그냥 탄 생선이야. 맛은 그냥 그러네."

"옆에 빨간 건 뭐야?"

"몰라. 네가 먹어 봐. 딱 봐도 역겨운데."

"꼭 이런 건 나한테 시키지."

기사는 투덜거리면서 장아찌를 포크로 찍어 입에 가져갔다. 그리고는 애써 표정 관리를 하며 말했다.

"씨발, 맛 좆같네. 같은 인간 맞아? 이걸 어떻게 먹냐?"

"몰라 원숭이 입맛에는 잘 맞나 보지. 웃어. 웃어. 괜히 문제 만들지 말고."

기사는 미소를 지으며 고개를 끄덕였고 민주가 손뼉을 치며 말했다.

"입에 맞나 봐. 다행이다."

기사들이 뭐라고 하는지는 꿈에도 모르고 좋아하는 꼴이었다.

"그러게. 그럼 더 가지고 오자."

상혁이 손짓과 발짓을 해 가며 설명한 뒤 자리에서 일어나고 기사들은 고개를 끄덕인 뒤 자기들끼리 쑥덕거리기 시작했다.

"이딴 걸 먹는 곳이 있었다니. 진짜 충격이다."

"미개하면 어쩔 수 없지."

"아, 저기 또 가져오려는 거 같은데? 이거 우리한테 쓰레기 처리하는 거 아니야? 기분 좆같네."

"그냥 몰래 버려. 이딴 것도 음식이라고."

그때였다.

"그랬구나. 맛이 없었구나."

뒤에서 들린 말에 기사가 고개를 돌리는 순간.

이서하가 그의 뒤통수를 잡아 미역국에 꽂았다.

기사가 발버둥을 치는 사이 그의 동료가 공격해 왔으나 서하는 가볍게 목을 잡아 제압한 뒤 말했다.

"우리나라 사람들이 왜 예의 바르기로 유명한 줄 알아?"

"끄으으으윽."

놀란 기사들이 사방에서 몰려들었으나 이서하는 손아귀에 힘을 더 넣으며 말했다.

"예의 없는 새끼들은 먼지 나게 패서라도 가르치거든. 내가 너희한테도 동양식 가르침이 뭔지를 알려 줄게."

아무래도 참교육이 필요한 친구들인 것만 같다.

휴식 시간과 동시에 나는 엘리자베스를 찾아갔다.

이번 상단 호위에 참여한 핵심 이유.

청매소에 관해 물어봐야만 했다.

"청매소요?"

"네, 교역품 중에 청매소가 있습니까?"

"아! 있어요. 소량 주문받아서 가지고 들어왔었습니다. 작은 병으로 3병."

왕국 내에는 극소수나마 청매소에 대해 아는 사람들이 있었다.

물론 청매소가 어떤 약인지 정확히 이해하는 이들은 없었다.

그저 서역의 만병통치약이라는 말만 듣고 큰돈을 쓸 뿐.

현실은 특정한 병에만 효과가 있는 평범한 약인데 말이다.

'어쨌든 운이 좋다.'

선주문을 받았다면 여유분을 가져오지 않았을까?

먼 거리를 오는 만큼 물건이 파손될 때를 대비해서 하나 정도는 여유분을 가지고 오기 마련이다.

"혹시 여유분이 있습니까? 하나라도 있으면 제가 사고 싶은데요."

하나라도 여유분이 있다면 2배 가격을 주더라도 구입할 생각이 있었다.

하지만 아쉽게도 엘리자베스는 고개를 흔들었다.

"아뇨, 아쉽게도 귀한 물건이라 여유분을 챙겨 올 수는 없었습니다."

"아, 그렇습니까?"

아쉽다. 아쉬워.

이번에 청매소를 확보할 수 있다면 굳이 내년까지 마음을 졸이며 기다릴 필요가 없을 텐데 말이다.

"그럼 혹시 내년에 가져와 주실 수 있습니까?"

"당연하죠. 물물 교환으로 거래하는 방법과 돈으로 하는 방법이 있는데 어느 쪽으로 하실 건가요?"

"그건 생각해 보고 말씀드리겠습니다."

"네, 네. 천천히 생각해 보세요. 여기 청매소 가격이에요."

엘리자베스는 미소를 지어 보이며 청매소 가격을 적어 나에게 건넸다.

가격은 그렇게 문제가 되지 않는다.

돈 좀 있는 가문도 입이 떡 벌어질 만큼 비싼 약제였지만 청신, 거기에 은악의 자금까지 등에 업은 나한테는 푼돈이나 다름없었다.

문제는 내년까지 기다려야 한다는 불안감이었다.

'내년에도 상단이 무사히 온다는 보장이 없으니까.'

엘리자베스가 무사히 이역만리 떨어진 나라에 갔다 다시 돌아와야만 청매소를 받을 수 있다는 것이 마음에 걸린다.

물건을 나르다 난파라도 당한다면 모든 것이 물거품이 되어 버리니 말이다.

그냥 훔칠까?

그럼 확실하게 청매소를 확보할 수 있을 테니 말이다.

'저걸 산 사람도 영약 먹듯이 산 것일 텐데…….'

내가 아는 한 이 나라에서 청매소를 제대로 사용할 줄 아는 의원은 없다.

분명 만병통치약이라는 소리를 듣고 산삼 먹듯이 무식하게 달여 먹을 텐데 그랬다가는 아무런 효과가 없다.

아니, 괜히 비싼 돈 주고 독이나 들이켜는 꼴인데 그냥 내가 가져가 주면 누이 좋고 매부 좋고 아닌가?

내가 생각해도 논리적이야.

자, 훔치자!

……는 무슨. 그런 짓을 했다가는 엘리자베스가 어마어마한 손해를 보겠지.

아버지를 대신해 처음으로 대표가 된 그녀에게도 이번 무역은 매우 중요하다.

청매소를 살 정도의 인물이라면 상당히 중요한 고객일 텐데 그런 사람의 물건을 내가 훔칠 수는 없다.

'조금만 더 상황을 지켜볼까?'

상황은 언제든 바뀔 수 있으니 섣불리 행동할 필요는 없다.

도적 떼가 습격한 이후 상황이 어떻게 될지 모르니 말이다.

그때 엘리자베스가 나에게 말했다.

"괜찮으세요? 표정이 안 좋은데."

"아뇨, 괜찮습니다."

"혹시 청매소가 필요한 분이 누구신가요?"

나는 씁쓸하게 웃었다.

청매소가 필요한 사람. 정확히 말하면 언젠가 청매소가 필요할 사람.

그 사람은 바로……

"제 아버지입니다."

몇 년 안에 폐석증으로 죽을 사람은 바로 내 아버지 이상원이었다.

"아……. 죄송합니다."

"괜찮습니다. 아직은 여유가 있으니 내년에 꼭 가져와 주시길 바랍니다."

난 미련 없이 등을 돌려 밖으로 나왔다.

조금 더 있었으면 찌질하게 매달려서 하나만 빼 달라고 할 수도 있었다.

성격이 어디 가겠는가?

하지만 지금은 이름 앞에 온갖 미사여구가 붙은 만큼 그에 걸맞게 행동해야만 한다.

나름 광명대의 대장이니 말이다.

그렇게 엘리자베스와 대화를 끝내고 소대로 돌아갈 때였다.

저 멀리서 상혁이와 민주가 기사들과 대화하고 있는 것이 보였다.

아무래도 먹을 것을 나눠 주는 것만 같다.

기사들의 식량은 빵과 수프뿐이었으니 좀 부실하다는 생각이 들었을 수도 있다.

'저 친구들이야 항상 저런데.'

서역의 기사들은 일정이 끝나고 크게 차려 먹는 식이었기에 무사들과는 차이가 있다.

상혁이와 민주야 착하니까 그럴 수 있다.

조금 더 다가가자 기사들과 상혁이의 대화를 들려왔다.

"씨발, 맛 좆같네. 같은 인간 맞아. 이걸 어떻게 먹냐?"

"몰라 원숭이 입맛에는 잘 맞나 보지. 웃어. 웃어. 괜히 문제 만들지 말고."

······.

지금 저놈들이 뭐라고 하는 걸까?

욕을 하며 웃는 얼굴이 회귀 전 나를 대하던 다른 기사들이 생각났다.

상대의 말을 알아듣지 못하고 상혁이와 민주는 환하게 웃었다.

　　자기들의 호의가 조롱당한 줄도 모르고 웃는 친구들을 보자 피가 거꾸로 솟는 느낌이었다.

　　"입에 맞나 봐. 다행이다."

　　"그러게. 그럼 두고 가자. 더 가지고 올게. 친구들이랑 같이 먹어."

　　그렇게 상혁이와 민주가 일어나고도 기사들의 조롱은 멈추지 않았다.

　　"이딴 걸 먹는 곳이 있었다니. 진짜 충격이다."

　　"미개하면 어쩔 수 없지."

　　"아, 저기 또 가져오려는 거 같은데? 이거 우리한테 쓰레기 처리하는 거 아니야? 기분 좆같네."

　　"그냥 몰래 버려. 이딴 것도 음식이라고."

　　사람들에게는 넘지 말아야 할 선이 있다.

　　그리고 저 기사들은 이미 선을 넘었다.

　　못 알아들으면 모를까 알아듣고도 가만히 있는 것은 병신이나 다름없다.

　　"그랬구나. 맛이 없었구나."

　　나의 말에 기사가 화들짝 놀라며 고개를 돌렸다.

　　하지만 난 녀석의 뒤통수를 잡아 그대로 미역국에 꽂았다.

　　바로 옆에 있던 놈이 달려들었으나 느리다.

고작해야 중급 무사급이려나.

"우리나라 사람들이 왜 예의 바르기로 유명한 줄 알아?"

"끄으으으윽."

내가 무시당하는 것은 별로 상관하지 않는다.

많은 경험을 했고, 온갖 무시를 당해 왔기에 상처도 받지 않는다.

하지만 내 친구들은 다르다.

적어도 선의는 조롱당해서는 안 된다.

"예의 없는 새끼들은 먼지 나게 패서라도 가르치거든. 내가 너희한테도 동양식 가르침이 뭔지를 알려 줄게."

난 양손으로 붙잡고 있던 기사들을 던졌다.

주변에는 이미 수많은 기사가 모여들었고 그건 무사들도 마찬가지였다.

그때 백정엽이 나타났다.

"이서하! 도대체 손님들한테 뭐 하는 짓인가!"

상황 파악도 못 하고 자기편부터 잡는 걸 보면 저 인간도 글러 먹었다.

여기서는 내 편을 들어 무슨 일인지부터 확인하는 게 순서 아니던가.

"우리 손님 중에 짐승 새끼도 있었습니까?"

"뭐?"

"우리 음식을 개도 안 먹는 음식이라고 하더군요. 그것도 실실 웃으면서. 그런 행동을 하는 놈들이 짐승이 아니면 뭐랍니까?"

나의 말에 무사들의 표정이 굳어졌다.

음식에 대한 조롱은 그 나라 문화에 대한 조롱.

굳이 구구절절 설명하지 않더라도 자존심 강한 무사들은 모두 분노할 만한 이야기였다.

그러자 이진수가 나서서 물었다.

"이 대장. 정말인가? 정말 저들이 그런 말을 했는가?"

"네, 똑똑히 들었습니다."

"이런 우라질 놈의 새끼들이! 이걸 듣고도 가만히 있으면 우리가 무사라고 할 수 있는가?"

이진수가 한마디 하자 모든 소대장이 고개를 끄덕였다.

금방이라도 서로에게 달려들 것만 같은 분위기였다.

나에게 안 좋은 감정이 있다고 하더라도 같은 나라 사람.

이런 상황에서는 내 편을 들 수밖에.

그 꽉 막힌 백정엽도 표정을 굳히고 있는 것을 보면 적어도 상식은 있는……

"모두 닥쳐라!"

"……"

백정엽의 외침에 앞으로 걸어 나오던 소대장들이 당황해 머뭇거렸다.

"아무리 그래도 손님에게 폭력을 행사해?"

"지금 누구 편을 드시는 겁니까?"

"내가 이끄는 호위 임무에 문제가 생기면 자네가 책임질 건가? 이서하 소대장!"

이 인간······.

지금, 이 순간에도 자기 평판만 생각하고 있다.

참으로 대단한 사람이다. 진심으로 감탄할 수밖에 없다.

"손님은 손님이야!"

"손님이요? 누가 손님인지는 집주인이 판단합니다."

초대받지 않은 손님은 몽둥이를 들고 내쫓는 것이 집주인 아니던가.

"그리고 지금은 우리가 집주인입니다."

"호위대장은 나다! 명령을 따라!"

물러설 생각은 없다.

내가 무시를 당한 것도 아니고 내 친구들이, 내 부대원이 무시를 당한 것이니 말이다.

그때였다.

"내 부하들을 이렇게 만든 게 너냐?"

상대 측 대장이 나왔다.

아무래도 저쪽이 더 말이 통할 것만 같다.

나는 백정엽을 무시하고 빅터에게로 고개를 돌렸다.

"부하 교육 똑바로 시켜라. 네가 똑바로 못 하니까 내가 교육해야 하잖아."

빅터는 내 말을 무시하며 자기 부하들에게 물었다.

"무슨 일이 있었지?"

"그냥 대화하고 있었을 뿐인데 시비를 걸어왔습니다. 억울합니다!"

저 기사 놈들이 누구 앞에서 거짓말을 하는 건지 모르겠다.

"그렇다는데?"

그래, 저게 정상이다.

우리 쪽 한심한 중대장과는 다르게 말이다.

"그걸 믿냐? 너도 원숭이니 뭐니 했던 주제에. 머리가 장식이 아니면 무슨 일이 있었는지 알 거 아니야?"

"그렇다고 폭력이 용납되는 것은 아니지."

"말로 해서 안 들으면 맞아야지. 그게 우리가 예의범절을 가르치는 방법이거든. 갈리아에 왔으면 갈리아 법을 따라라. 너희들이 좋아하는 말이잖아. 안 그래?"

"……그럼 나도 여기 방식대로 너에게 예의를 가르쳐 주지."

한판 뜨자는 말이다.

역시 같은 무인끼리는 주먹 한 번쯤은 나눠 줘야 사이가 돈독해지고 그러는 법이지.

나와 빅터가 서로를 노려볼 때 저 멀리서 엘리자베스가 뛰어왔다.

"지금 뭐 하시는 거예요?"

"아가씨. 기사단의 일입니다. 인도적으로 문제없게 해결하겠습니다."

빅터는 굳은 얼굴로 말을 이어 갔다.

"너랑 나. 일대일로 끝내자. 지는 쪽이 알아서 기는 걸로."

"좋지."

"그럼 서로 다치지 않게 주먹으로 할까?"

"하긴, 이 먼 나라에서 와서 불구가 되어 돌아갈 수는 없으니까. 그렇게 하자고."

"입만 살아선. 준비는 됐나?"

"언제든지. 뭣하면 지금 당장 시작하지."

"좋아."

빅터는 부하들에게 가 겉옷을 집어 던졌고 나 역시 친구들에게 겉옷을 넘기며 말했다.

상혁이는 빅터와 나를 휙휙 돌아보고는 말했다.

"어떻게 된 거야? 싸우는 거야?"

"들고 있어. 저 친구 교육 좀 하고 올게."

"이 대장! 너……."

백정엽이 화가 나서 외쳤지만 소대장들이 전부 그를 노려보고 있었다.

아무리 중대장이라도 반대했다가는 몰매 맞을 분위기.

백정엽은 불만 가득한 얼굴로 말했다.

"이거 끝나고 보자."

그래도 분위기는 읽을 줄 아는지 백정엽은 나에게 손가락질하며 말하고는 멀어졌다.

그러자 다른 소대장들이 나에게 다가와 말했다.

"지지 마라. 지면 개쪽인 거 알지?"

"아주 묵사발을 내 버려. 다신 못 기어오르게."

지금 이 순간만큼은 모두 내 편인 것만 같다.

좋네.

다른 소대장들에게 점수를 따 놓으면 습격 때 이들을 지휘하기가 더 편해진다.

역시 남자는 싸우면서 친해지는 게 가장 빠르다.

그때 상혁이가 말했다.

"야, 근데 그럼 우리한테 웃으면서 욕하고 있던 거야?"

"마음 쓰지 마. 넌 잘못 없으니까."

상혁이는 히죽 웃더니 나에게 속삭였다.

"다신 헛소리 못 하게 확실히 조지고 와라."

안 그래도 그럴 생각이다.

경기장은 기사들과 무사들이 빙 둘러싸 만들어 주었고 나는 열심히 몸을 풀며 빅터가 오기를 기다렸다.

"저기는 대장이 나가는데 우리도 백 선인님이 나가야 하는 거 아니야?"

"지면 진짜 그것만 한 개쪽이 없는데."

"보자고. 어떻게 되는지."

소대장들은 불안한지 쑥덕거렸다.

이게 바로 인간 경기장의 묘미다.

관중들이 말하는 소리가 다 들린다니까.

상혁이와 민주의 대화 소리도 다 들렸다.

분명 자기들을 위해 나서 준 나를 응원…….

"오늘 저녁은 뭐 먹지?"

"뭘 먹든 가져다주지 말자. 나 상처받았어."

"그러니까 말이야. 저녁에는 고기 구우려고 했는데 자기들 복을 발로 차고 있어."

……하지 않는구나.

한가하게 저녁밥 얘기나 하고 있을 줄이야.

저놈들은 친구가 이 많은 사람들 앞에서 싸우는데 응원할 생각은 안 하고 벌써 다음 밥 얘기냐?

"지금 저녁밥이 중요하냐? 친구 걱정도 안 돼?"

"에이, 당연히 네가 이기겠지. 쓸데없이 걱정하는 것도 체력 낭비야."

상혁이의 말에 아린이와 지율이가 고개를 끄덕였다.

다른 의미로 나를 너무 믿고 있다.

'그렇게 쉬운 상대는 아닐 텐데.'

해리슨 상회는 갈리아 제국에서도 알아주는 상인 길드였다.

동양과의 무역으로 급격히 성장한 뒤 막강한 자금력으로 갈리아 제국 남부를 차지한 패자(霸者).

'동양과의 무역이 끊어진 이후에도 계속 그 명성을 유지했

었지.'

이미 벌어 놓은 돈이 어디 가지는 않으니 말이다.

'분명 그때 대표가……'

회귀 전, 해리슨 상회의 대표는 엘리자베스가 아니었다.

엘리자베스는 여기서 죽었을 테니 말이다.

'……기억해서 뭐 하나. 그 미친놈.'

회귀 전 내가 만난 해리슨 상회의 대표는 피도 눈물도 없는 전형적인 악덕 상인이었다.

돈을 버는 것이 상인의 미덕이라면 아주 훌륭한 상인으로 칭송받을 정도.

전쟁 지원금을 내지 않겠다고 반란을 일으킬 정도로 돈에 미친놈이었으니 진정한 상인이라는 칭호가 아깝지 않다.

어쨌든 그만큼 해리슨 상회는 돈이 많다.

그 돈 많은 해리슨 상회에서 차기 대표를 호위하기 위해 붙인 인물이 저 빅터인 것이다.

어중이떠중이를 고용하지는 않았겠지.

그렇게 생각할 때 기사들이 수군거리는 소리가 들려왔다.

"대장님이 지면 어떡합니까?"

"그럴 리가 있나?"

내 친구들을 제외하고는 불안에 떨고 있는 우리 쪽 무사들과는 달리 기사들은 의기양양하게 나를 노려보고 있었다.

"우리 대장님은 근위대 출신이야. 저런 어린놈에게는 절대로 패배하지 않는다."

"근위대 출신이요?"

제국 근위대.

'역시 근위대 출신이었구먼.'

근위대는 최소 마스터급부터 들어갈 수 있는 곳이었다.

마스터는 이쪽 경지로 말하면 절정 정도일까?

초절정 이상이라고 볼 수 있는 그랜드 마스터는 거의 존재하지 않는다는 것을 생각한다면 저쪽에서도 알아주는 고수라는 뜻이다.

기사들은 낄낄거리며 웃다 이미 승리가 확정된 듯 말했다.

"저 새끼는 이제 죽은 목숨이지."

그와 동시에 준비를 마친 빅터가 걸어 나왔다.

확실히 절정 고수급의 기운이 느껴졌다.

"낭심 가격을 제외하고는 전부 허용된다. 싸움은 한쪽이 항복하거나 일어설 수 없을 때까지. 이의 있나?"

"없어. 준비되면 언제든 시작하자고."

"종소리가 울리면 시작이다."

빅터는 적당히 거리를 벌린 뒤 기를 모았다.

그의 주변이 일렁거리는 것을 본 선인들은 인상을 찌푸렸다.

기의 발현은 최소 절정 고수만이 할 수 있는 것.

내 실력을 모르는 소대장들은 긴장할 수밖에 없을 것이다.

그렇게 빅터가 자세를 잡는 것과 동시에 기사들이 발을 구르기 시작했다.

쿵! 쿵! 쿵!

응원전이 시작된 것이다.

열심히 발을 구르며 분위기를 고양하는 기사들과 달리 우리 쪽은 여전히 냉소적으로 나를 바라보고 있을 뿐이었다.

'고독하네.'

문화가 다르니 어쩔 수 없나?

"죽여라! 죽여라! 죽여라!"

그나저나 이제 어떻게 할까?

'어떻게 해야만 다시는 기사들이 기어오르지 못할까?'

농락하는 방식으로는 화만 돋울 수도 있다.

무사들도 한 자존심 하지만 기사들은 그것보다도 더했으니 말이다.

그러니 진지하게.

압도적인 실력의 차이를 보여 줘야만 한다.

'그러려면 직접 비교하는 방법이 좋은데…….'

거기다 될 수 있다면 이번 기회에 저 까다로운 선인들도 내 편으로 만들고 싶으니 이번 기회에 확실한 실력을 보여 주는 것이 좋으리라.

'좋은 생각이 났다.'

생각을 마친 나는 극양신공을 사용했다.

전에는 최대한 밑천을 드러내지 않으며 버티려고 했으나

이제는 의미가 없다.

백야차, 김희준이 이미 내 능력을 알고 있으니 은월단이고 신태민이고 극양신공에 대해 모르는 사람은 없다고 봐야지.

그럼 굳이 숨길 필요도 없지 않을까?

그렇게 내 몸에 황금빛이 감돌기 시작할 때 종이 울렸다.

땡!

종과 함께 빅터가 달려들었고 나는 적당히 받아 내며 뒷걸음질 쳤다.

'일단 실력 좀 보자.'

다른 소대장들에게 빅터의 실력을 보여 줄 필요가 있었다.

무공 실력이란 상대적으로 비교하는 것이 가장 확실한 법.

소대장들이 빅터를 고수로 인정한 뒤 내가 빅터를 제압하면 나 또한 쉽게 인정받을 수 있으리라.

'아무리 서로 호박씨를 까더라도 전쟁터에서는 실력 있는 놈이 대장이다.'

가장 강한 무사가 가장 강한 발언권을 얻기 마련.

습격이 오기 전에 어느 정도의 발언권은 가져가야만 한다.

"죽여라! 죽여라! 죽여라!"

내 위대한 계획을 모르는 기사들은 자기들의 대장이 밀어붙이는 것에 신이 나서 외쳐 댔다.

그러거나 말거나.

슬슬 견적이 나왔다.

'절정 고수 정도인가? 꽤 강하네.'

대부분의 백의선인이 바로 이 절정 고수 안에 들어간다.

하지만 같은 절정 고수라도 실력은 천지 차이.

빅터 정도라면 웬만한 백의선인은 가지고 놀 수 있을 정도였다.

아나나 다를까. 빅터의 실력을 본 선인들의 표정이 굳어졌다.

"저 색목인 강한데?"

"한 방이라도 제대로 맞으면 이서하가 지겠어."

"피하기만 급급한데? 이러다 진짜 지는 거 아니야? 이게 무슨 개쪽이야!"

"그러니까 우리도 백 선인님이 나갔어야 한다니까. 쯧, 저 새끼 나대더니 저럴 줄 알았다."

몇몇 선인들은 답답한 듯 혀를 찼다.

그들이 보기에는 내가 겨우겨우 피하기만 하는 것처럼 보이나 보다.

보는 눈이 저렇게 옹이구멍이어서야.

이렇게 아슬아슬하게 피하는 것이 진짜 실력인데 말이다.

"죽여라! 죽여라! 죽여라!"

어쨌든 이쯤 되면 다들 자신들보다 빅터가 더 강하다는 것쯤은 눈치챘을 것이다.

저놈들이 시끄러워서라도 이제 슬슬 시작해야겠다.

난 빅터의 공격을 피하며 그의 얼굴에 빠른 주먹을 꽂았다. 이걸 갈리아 제국에서는 잽이라고 부르던가?

"죽여……!"

빅터가 살짝 휘청거림과 동시에 기사들의 응원이 끊겼다.

조용하니 좋다.

난 바로 연타를 날리며 압박해 들어갔다.

'이것이 직접 비교가 가능하면서도 압도적인 실력 차를 보이는 방법.'

그것은 바로 갈리아 제국의 격투술을 사용하는 것이었다.

이름하여 복싱.

우리 말로 한다면 권투(拳鬪)가 되겠다.

'이러면 변명의 여지가 없지.'

내가 다른 무공을 사용한다면 무기가 없어서 졌다느니 뭐니 하며 변명해 올 것이 뻔했다.

하지만 갈리아 제국의 격투술 중 하나인 복싱을 사용한다면 어떨까?

필수적으로 수련해야 하는 자신들의 격투술로 진 셈이니 변명의 여지가 없을 것이다.

게다가 그 어떤 제국의 격투술보다 화려하고 빠른 것이 권투다.

보여 주기용으로도 제격이라는 뜻이지.

'밥 벌어먹고 살려고 배운 건데 잘되네.'

처음 서역에 도착했을 때 나는 용병이 될 생각이었다.

할 줄 아는 것이라는 칼질밖에 없었으니 말이다.

하지만 용병단은 인종 차별이 가장 심한 동네였고 나는 임금도 제대로 못 받고 전쟁터에서 싸워야만 했다.

그때 내 눈에 들어왔던 것이 바로 이 권투다.

권투는 일종의 놀이 문화였고 난 투사가 되어 돈을 벌어들였다.

동양인 투사는 희귀한 만큼 실력이 좀 떨어져도 쏠쏠하게 벌 수 있었다.

물론 투사보다는 광대에 가까웠지만.

'슬픈 기억이 떠오르네.'

살려고 배운 것이 이렇게 도움 될 줄이야.

그렇게 빅터를 몰아붙이던 나는 일부러 속도를 줄였다.

일종의 낚시였고 대어가 낚였다.

"흐읍!"

웅크리고 있던 빅터가 기합과 함께 주먹을 날렸고 나는 가볍게 피하며 그의 면상에 주먹을 꽂았다.

퍽! 하는 소리와 함께 빅터가 멀리 날아가 움직이지 않았다.

"……."

여기가 도서관인가? 다들 아주 정숙하네.

"뭐 하냐? 다운됐으면 카운트해야지? 거기, 어린 친구."

"네, 네!"

나와 또래로 보이는 기사는 잔뜩 긴장했는지 차려 자세로 말했다.

"와서 카운트해."

"……네. 알겠습니다. 하나! 둘!"

나는 손목을 풀며 똥 씹은 표정의 기사들에게 미소 지었다.

이로써 서열 정리는 확실하게 끝났다.

◆ ◈ ◆

"난 우리 광명 대장이 해낼 줄 알았어. 그 격투술 뭐였나? 아주 빠르고 날렵하던데 말이야."

"예전에 취미로 배운 것입니다."

"하하하! 그 색목인들 표정 보았나? 별것도 아닌 것들이 까불고 말이야. 여기, 물 좀 마시게."

빅터와의 대결이 끝난 후 소대장들이 친한 척 다가와 말을 걸었다.

뒤에서 열심히 씹을 때는 언제고 인제 와서 친한 척인지.

나는 한 소대장이 건넨 물을 마시며 말했다.

"개쪽이니 뭐니 했던 거 같은데요? 제가 잘못 들었나."

"누가? 누가 그런 소리를 했나?"

당신이요. 당신.

그래도 어느 정도의 발언권은 만든 거 같으니 사소한 건 넘어가 주도록 하자.

그나저나 뒤통수가 따갑다. 빅터를 상대로 싸울 때부터 지금까지 백정엽이 나를 매섭게 노려보고 있었다.

항상 주인공이 되고 싶어 하는 인물이었으니 모든 관심이 나에게 쏠린 것이 마음에 들지 않을 것이다.

'게다가 소대장들도 다 내 편이 되었고.'

기사 대 무사들의 세력 싸움이 되었을 때 기사들 편을 든 것이 크다.

안 그래도 좋지 않았던 여론이 내부의 적 같은 느낌으로 바뀌었으니 말이다.

나로서는 오히려 좋다.

백정엽과 의견 충돌이 생길 때 소대장들이 내 편을 들어 줄 테니 말이다.

그때였다.

백정엽에게 한 남자가 접근하는 것이 보였다.

젊은 색목인.

갈색 머리에 호감형 얼굴. 미소를 띤 모습이 어디선가 많이 본 듯한 얼굴이었다.

사람을 급으로 나누어 대하는 백정엽이 반갑게 맞이하는 것으로 보아 상단에서도 꽤 높은 직급에 있는 사람인 듯싶었다.

우리 말을 할 수 있는 색목인은 상단 내에서도 극소수였기에 관심이 갈 수밖에 없었다.

'뭐지? 왜 얼굴이 낯이 익지?'

회귀 전, 상단은 전멸한다고 기록되어 있다.

그러니 만에 하나라도 내가 저 남자를 봤을 리는 없다.

'기분 탓인가?'

난 유심히 백정엽과 대화하는 남자를 살폈다.

'아, 진짜 어디서 많이 본 얼굴인데. 어디서 봤지? 봤을 리가 없는데······.'

그때 백정엽의 목소리가 들렸다.

"알겠습니다. 베네딕트 님. 그렇게 하죠."

"네, 감사합니다."

베네딕트.

순간 나는 표정 관리를 할 수 없었다.

"베네딕트 해리슨······."

어떻게 저 사람의 얼굴을 잊을 수 있지?

내 기억력도 한물간 모양이다.

아무리 몇십 년 전이라고 하더라도, 또 얼굴에 덥수룩한 수염이 없다고 하더라도 저 사람은 나름 갈리아 제국 역사에 한 획을 그은 인물이 아니던가.

'그런데 지 사람이 왜 여기······?'

웃는 얼굴의 악마. 베네딕트 해리슨

훗날 해리슨 상회의 대표가 되는 인물이었다.

◆ ◆ ◆

　빅터가 정신을 차렸을 때는 어린 신입이 울먹거리며 카운트를 세고 있었다.

　이미 숫자가 7까지 올라갔기에 눈을 감고 조용히 패배를 기다렸다.

　그렇게 10이 되어서야 몸을 일으킨 빅터는 승리에 환호하는 무사들을 바라봤다.

　'어린 데도 강하구나.'

　갈리아 제국의 격투술인 복싱으로 상대해 올 것이라고는 꿈에도 상상하지 못했다.

　심지어 완성도도 높다.

　지금 당장 투기장을 가더라도 쉽게 챔피언을 먹을 정도의 실력.

　어디서 누구한테 배웠는지는 몰라도 제대로 배운 것만 같다.

　'아가씨 말대로인가?'

　빅터는 싸우기 전 엘리자베스가 했던 말을 떠올렸다.

　'혼자 서역 말을 배울 정도로 호의를 가지신 분이 아무 이유 없이 기사들을 폭행하지는 않았을 겁니다.'

　그녀의 말이 맞다.

　다른 나라의 언어를 배운다는 것은 그 나라에 대한 존중이 밑바탕에 깔려 있지 않고는 불가능한 일이다.

다른 사람도 아니고 이서하가 아무 이유 없이 시비를 걸었다는 것은 빅터 또한 믿지 않았다.

하지만 어쩌겠는가?

이 먼 나라에서는 부하들을 챙길 수밖에 없는데.

"괜찮으십니까? 대장님."

"그래, 괜찮다. 미안하다. 상대가 너무 강했다."

기사들은 풀이 죽어 고개를 숙였다. 기사들이 실언했다면 좋은 교육이 되었을 것이다.

그때 엘리자베스가 다가와 말했다.

"빅터 경. 치료부터 하시죠. 여기로."

엘리자베스의 천막에는 상단 의원이 대기하고 있었다.

"코가 부러졌군요."

"코만 부러진 게 다행이죠."

그 와중에도 힘 조절을 한 것이었다.

아무리 맨주먹이라도 카운터가 그렇게 깔끔하게 들어가면 사람도 죽일 수 있으니 말이다.

"일개 소대장이 그 정도 실력이라면 이쪽에서도 신경을 많이 써 준 셈이네요."

"네, 그건 고무적인 일입니다."

빅터는 공사 구분이 확실한 사람이었다.

이서하가 아무리 마음에 들지 않더라도 실력 있는 무사가 호위해 주는 것은 고마운 일이다.

185

원정 중에는 무슨 일이 일어날지 모르니 말이다.

그때였다.

"잠시 실례합니다~."

베네딕트가 천막을 걷으며 안으로 들어왔다.

엘리자베스의 사촌 오빠로 이번 상행의 부대표를 맡은 인물이었다.

엘리자베스는 살짝 표정을 굳혔으나 이내 환하게 웃으며 그를 반겼다.

"베네딕트 님. 무슨 일이십니까?"

"우리 빅터 경 상태 좀 보러 왔지. 괜찮으십니까? 아! 코가 부러지셨네. 이거 참, 한배를 탄 사람끼리 좀 살살 하고 그러지."

베네딕트의 너스레에 두 사람은 크게 반응하지 않았다. 그러자 베네딕트가 사뭇 진지한 얼굴로 말했다.

"걱정하지 마라. 엘리. 내가 저쪽 호위대장한테 큰소리치고 왔으니까."

"……큰소리를 치고 왔다뇨?"

"아무리 그래도 이런 망신을 당하고 가만히 있을 수는 없지. 앞으로 호위무사들과는 절대로 섞이지 않을 테니 안심해라."

그의 말에 빅터가 인상을 찌푸렸다.

"절대로 섞이지 않는다니, 무슨 말입니까?"

"말 그대로입니다. 기사들이 상단을 호위하고 무사들은 망이나 보라는 거죠. 내가 진짜 아주 뒤집어 놓으려다 백 선인을 봐 참았습니다. 그 양반은 말이 통하더구먼."

"……."

"아아, 고맙다는 말은 됐습니다. 부대표로 해야 할 일을 했을 뿐이니. 그럼."

베네딕트는 마지막까지 너스레를 떨며 밖으로 나갔고 그와 동시에 빅터가 한숨을 내쉬었다.

'저게 무슨 개소리야?'

무사들은 망이나 보라니.

화해할 생각 없다고 선을 그은 셈이 아니던가.

물론 친하게 지낼 필요는 없지만 마수라도 나타나면 협력해야 하는 만큼 적이 되어 좋을 건 없다.

"무슨 꿍꿍이가 있군요."

"네. 그런 거 같습니다."

엘리자베스는 베네딕트의 말을 곧이곧대로 믿을 만큼 순진하지 않았다.

그렇기에 확실한 자신의 편인 빅터까지 대동해 원정에 참여한 것이었다.

빅터 역시 베네딕트에게 무슨 꿍꿍이가 있다는 것을 알고 있었다.

'절대로 선의로 한 행동이 아니다.'

오랫동안 전장에서 살아온 기사의 감이 날카롭게 곤두섰다.

'이번 원정, 생각보다 위험할 수도 있다.'

만약 베네딕트가 뭔가를 꾸미고 있다면 기사단만으로는 막기 힘들 수도 있다.

이미 기사단의 존재를 머릿속에 넣고 작전을 짰을 테니 말이다.

'지금 당장 우리 편이 되어 줄 수 있는 사람은…….'

그 순간 이서하가 떠올랐다.

실력도 실력이지만 말이 통하는 유일한 인물이었기 때문이다.

그렇게 생각을 마친 빅터는 엘리자베스에게 말했다.

"아가씨. 부탁 하나만 드려도 되겠습니까?"

"물론이죠."

"저랑 함께 가 주십시오."

결정이 났다면 빠르게 움직일 필요가 있었다.

그 시각 베네딕트는 자신의 천막으로 들어와 인상을 찌푸렸다.

"고작 소대장이 빅터를 이겨?"

빅터는 마스터급의 기사.

절대로 호락호락한 인물이 아니었다.

"이러다가 은월단이 실패라도 한다면……."

생각만 해도 끔찍했다.

해리슨 상회는 베네딕트의 아버지 루크와, 그의 동생이자 엘리자베스의 아버지인 에릭이 같이 만든 것이었다.

당연히 나이가 더 많은 루크가 대표가 되었었고 동양 무역을 시작하며 상회는 그 규모를 늘려 갔다.

그러나 불운하게도 베네딕트의 아버지 루크는 무역을 하던 중 사고로 죽었다.

그 이후 그의 동생이자 공동 창업자였던 에릭이 대표가 된 것이다.

그렇게 오랫동안 에릭이 대표를 하며 영향력을 키워 갔고, 그 결과 그가 죽은 후에도 차기 대표는 베네딕트가 아닌 엘리자베스가 유력해진 것.

그때부터 베네딕트는 행동에 들어갔다.

'해리슨 상회는 원래 내 것이다.'

원래라면 아무런 이견 없이 자신이 해리슨 상회의 대표가 되었어야만 한다.

"그 노친네 죽이는 것도 힘들었는데 말이야."

베네딕트는 조심스럽게 에릭을 독살했다.

은월단이라는 이 나라의 암흑 조직의 도움을 받아 천천히.

서역에는 존재하지 않는 독으로 중독시켜서 말이다.

하지만 같은 방법으로 엘리자베스까지 죽이는 것은 불가능했다.

젊은, 아니 어린 엘리자베스가 갑작스럽게 자신의 아버지와 같은 병에 걸린다면 누구라도 의심할 테니까.

그렇기에 엘리를 죽이는 것은 은월단의 몫으로 남겨 두었다.

'엘리가 이 나라에서 죽고 나만 살아 돌아간다면 내가 대표가 될 수 있을 테지만 그 반대라면…….'

만약 엘리자베스가 이번 무역을 성공적으로 마치며 능력을 증명한다면 간부들은 그녀를 대표로 올려 버릴 것이다.

안 그래도 빅터와 엘리자베스는 자신을 탐탁지 않게 보고 있었다.

'엘리 년이 대표가 되면 나부터 제거하려고 들겠지.'

유일한 정적(政敵)이나 다름없었으니 말이다.

'이번이 마지막 기회다.'

베네딕트는 깊게 숨을 내쉬었다.

일단 무사들과 기사들의 사이는 멀어지게 만들었다.

이제 은월단이 일을 잘해 주기만을 바랄 뿐이었다.

'한 번도 날 실망시킨 적이 없으니까.'

은월단이 알아서 할 것이다.

Chapter 47.

베네딕트가 왜 이 원정에 참여했을까?

난 고민 끝에 두 가지 가설을 세웠다.

첫 번째는 원래는 참가하지 않았을 베네딕트가 역사가 바뀌면서 참가한 것이라는 가설.

하지만 그건 아닐 것이다.

내가 저 바다 건너 갈리아 제국에 영향을 끼칠 만큼 엄청난 행동을 한 것은 아니니 말이다.

그럼 두 번째 가설.

전멸이라고 기록되어 있으나 전멸이 아니었다는 것이다.

충분히 가능성이 있었다.

'군에서도 대충 8할 정도가 전사하면 전멸이라는 말을 쓰지.'

8할이 죽었다는 것은 나머지 2할도 멀쩡한 상태는 아니라는 뜻이니 말이다.

어쨌든 전멸이라는 기록은 확실하게 전원 사망했다는 뜻은 아니었다.

'베네딕트는 확실하게 살아 돌아간다.'

회귀 전, 그는 해리슨 상회의 대표가 되어 있었으니 말이다.

'하지만 어떻게?'

그냥 운이 좋아서 살아남았을 수도 있다. 하지만 기사들도, 상단의 단원들도, 거기에 무사들까지 전부 죽은 아수라장에서 베네딕트 같은 일반인이 혼자 살아 나갈 수 있었을까?

그것이 과연 운이 좋았다고만 볼 수 있을까?

'습격을 당하는 곳은 산속이다.'

일반인이 혼자 빠져나와 항구로 가기에는 너무나도 동떨어진 곳이다.

누군가가 그를 도와줬다고 볼 수밖에 없다.

'하긴, 이상한 것이 한둘이 아니었지.'

첫 번째로 습격 장소와 시간이 너무나도 정확했다.

상단의 경로는 오직 호위대와 상단만 아는데 말이다.

처음에는 호위대 안에 배신자가 있으리라 생각했지만 그건 말이 되지 않는다.

배신자가 있었다면 그는 살아남았을 터.

호위무사들은 말 그대로 한 명도 빠짐없이 다 죽어 버리니 배신자가 있을 가능성은 희박하다.

'그렇다면⋯⋯.'

베네딕트가 배신자이고 습격자가 그를 무사히 항구까지 데려다준다면?

충분히 가능성 있는 가설이다.

그렇게 생각할 때였다.

"출발하기 전에 전할 사항이 있다. 모두 모여라!"

백정엽의 외침에 생각이 끊겼다.

모든 소대가 모이자 백정엽은 나를 노려보기 시작했다.

중대장이 해야 할 일을 대신 해 줬는데 고맙다는 말은 어디 가고 저렇게 노려보는 건지 모르겠다.

나름 잘 해결했다고 생각하는데 말이다.

그렇게 한참을 노려보던 백정엽은 입을 열었다.

"상단의 부대표와 대화를 해 본 결과 우린 외곽으로 빠져 상품 호위에 집중하기로 했다."

나는 고개를 갸웃했다.

확실히 상단에게는 목숨보다 상품이 중요할 수도 있다.

하지만 호위대는 다르다.

우리는 물 건너온 귀빈들이 안전하게 자기 나라로 돌아갈 수 있게 호위하고 있는 것이지 이들의 재산을 호위하는 것이 아니었다.

물론 둘 다 해내면 좋겠지만 위험한 상황에서는 물건보다 상단의 주요 간부들 목숨이 더 중요한 셈이다.

　그런데 외곽으로 빠져 상품 호위를 한다니.

　'베네딕트랑 대화하고 있었지.'

　베네딕트의 생각인가?

　그렇다면 수수께끼가 풀린다.

　베네딕트가 배신자라는 전제하에 그가 노리는 것은 엘리자베스의 목.

　우리 호위대를 외곽으로 빼 그녀를 지킬 수 없게 만들려는 속셈일 것이다.

　저 멍청한 백정엽이야 혀를 좀 놀려 주면 휘두를 수 있을 테니 어렵지도 않다.

　'그렇게 놔둘 수는 없지.'

　나는 바로 손을 들고 말했다.

　"우리 호위대의 임무는 귀빈 호위지 상품 호위가 아닙니다. 재고해 주십시오."

　"그래, 말 잘했다."

　백정엽은 기다렸다는 듯이 나에게 걸어와 어깨를 찌르기 시작했다.

　"이게 다 너 때문 아니냐? 저쪽 기사 대장을 아무 이유 없이 때려눕혔으니 당연히 문제가 될 거라고는 생각하지 못했나? 성무학관에서 좋은 성적을 받았다고 들었는데 왜 그렇게 멍청

한가? 그래도 다행으로 알아라. 내가 직접 저쪽 부대표와 잘 얘기했으니 말이야."

그리고는 큰 목소리로 소대장들에게 잘난 척을 하기 시작했다.

"다시 말하지만, 저들은 먼 제국에서 우리나라를 찾아 준 손님이다. 우리가 이 나라의 얼굴이라고 생각하며 성심성의껏 손님을 모시도록 하라! 알겠나?"

베네딕트한테 속아 놓고 잘난 척은 오지게 하네.

항상 생각하는 것이지만 강한 적보다 무능한 상관이 더 무서운 것만 같다.

그나저나 상품 호위로 빠지면 엘리자베스와 거리가 꽤 생긴다.

'무슨 일이 생겼을 때 지킬 수 없을 텐데.'

그럼 상단을 무사히 지켜 낸다고 하더라도 베네딕트가 대표가 될 것이고 청매소는 날아간다고 봐야 한다.

절대로 그렇게 놔둘 수는 없다.

'어떻게 할까?'

그때였다.

"이서하 무사님 있습니까?"

엘리자베스가 빅터와 함께 나타났고 백정엽은 화들짝 놀라 달려 나가며 말했다.

"대표님. 여긴 무슨 일이십니까?"

"이서하 무사님을 만나고 싶다! 부탁합니다."

"아, 안 그래도 제가 따끔하게 한마디 했습니다. 다시는 이런 일이 없을 것입니다."

"아니, 아니. 그게 아니라⋯⋯."

엘리자베스는 미소와 함께 말했다.

"이서하 무사님의 부대가 저를 호위해 줬으면 한다. 아니, 합니다!"

호오.

나는 빙긋 미소를 짓는 엘리자베스를 바라봤다.

저 여자도 뭔가를 알고 있구나.

하긴, 베네딕트에 대해 나보다 더 잘 알 것이다. 정적(政敵)의 행동을 그냥 보고 넘기지는 않겠지.

기꺼이 저 두 사람이 두는 판의 장기짝이 되어 주자.

"네? 그게 부대표님은⋯⋯."

나는 당황한 백정엽의 옆으로 가며 말했다.

"그게 뭔 상관입니까? 중대장님."

백정엽이 핏대를 세우고 노려봤으나 나는 태연하게 말했다.

"대표님이 원하시지 않습니까? 부대표 말은 개나 줘 버리시죠."

"풉."

백정엽은 애써 웃음을 참는 소대장들을 노려봤다.

하지만 어쩌겠는가?

대표가 부대표보다 높은 사람인데.

백정엽은 급하게 말했다.

"그럼 제가 직접 모시겠습니다. 제가 여기서 가장 실력이……."

참 추하다. 어떻게든 대표와 친해지려고 아등바등거리는 저 중년을 보라.

하지만 엘리자베스는 딱 잘라 말했다.

"전 이쪽이 좋습니다."

"손님들이 원하는 대로 성심성의껏 해야 하지 않겠습니까? 중대장님."

백정엽은 애써 웃으며 내 어깨에 손을 올렸다.

"……하하하, 그래. 그래야지."

자기가 한 말이니 반론도 못 하겠지.

난 재빨리 엘리자베스의 앞으로 가 말했다.

"그럼 지금부터는 제가 모시겠습니다."

"잘 부탁합니다."

일도 수월하게 하고, 대표와도 더 친해져 청매소도 얻고.

모든 것이 완벽하게 흘러가고 있었다.

같은 날 저녁.

상단은 첫 번째 도시에 도착해 거래를 시작했다.

도시에만 무사히 도착할 수 있다면 호위 임무는 마치 휴가 와 같았다.

보통 거래는 며칠간 이루어졌고 덕분에 도시를 둘러볼 시간은 충분하다.

공짜로 전국 일주를 하는 느낌이랄까?

그렇게 바쁜 하루가 지나가고 둘째 날 낮.

상혁이는 지역 특산물인 생굴을 먹으며 말했다.

"이거 완전 꿀이잖아. 서하야. 나 소주 살짝 마셔도 괜찮지?"

"임무 중에 술은 안 된다."

"에이, 자유 시간인데 뭐 어때? 한 잔으로는 절대 안 취해. 그럼 마신다?"

상혁은 이미 시켜 놓은 소주를 들이켜고는 깔깔거리며 웃었다.

상단이 거래하고 있을 때는 무사들도 자유 시간을 가질 수 있었다.

지율이는 막간을 이용해 수련했고 아린이는 나와 함께 다녔으며 상혁이와 민주는 보이는 것처럼 광명대에 배정된 임무 지원금을 탕진하고 있었다.

이러다가 저 바보들 때문에 빚지는 건 아니겠지?

민주는 바보는 아니지만 뭔가 점점 상혁화가 되어 버리는 것만 같다.

사랑하면 닮는 건가.

"안 되겠다. 아린아. 쟤들이 다 먹기 전에 우리도 좀 먹자."

나중에 내가 채워 넣더라도 먹고 채워 넣어야겠다.

그렇게 생각할 때 내 옆으로 누군가가 다가와 앉았다.

"안녕하세요!"

엘리자베스와 빅터였다.

지금은 거래하고 있을 시간인데 말이다.

상혁이는 나를 슬쩍 보고는 미소를 짓더니 말했다.

"같이 먹을래요?"

"그래도 됩니까? 우와, 이거 엄청 비싼 거!"

엘리자베스는 아이처럼 웃으며 굴을 들었다.

하긴, 갈리아에서는 굴이 굉장히 비싼 해산물이었으니 가성비를 생각하는 상인으로서 눈이 돌아갈 수밖에.

"맛있죠?"

"존맛!"

저건 도대체 어디서 배운 말이야?

우리 말만 쓰면 좀 어린아이 같아지는 엘리자베스와 상혁이는 쿵짝이 잘 맞는지 서로 신나게 대화하기 시작했다.

이럴 때는 상혁이와 민주의 저 친화력이 좋구만.

엘리자베스는 저 두 사람에게 맡겨 놓고 어른들은 공적인 대화를 좀 해야겠다.

난 그렇게 생각하며 빅터에게 말했다.

"이 바쁜 와중에 굴이나 얻어먹으러 왔을 리는 없고. 무슨 일이지?"

"너희 광명대가 우리 호위를 맡은 이후로 제대로 대화할 시간이 없었어서 시간을 내어 찾아왔다."

확실히 백정엽을 농락한 것까지는 좋았으나 그 이후로 자세한 대화를 나눌 여유가 없었다.

저녁에는 도시에 도착해 거래하기 바빴고 오늘도 엘리자베스의 일정은 가득 차 있었다.

"거래는 어떻게 하고?"

"그 건은 베네딕트가 맡고 있으니 걱정할 건 없다. 거래 능력 하나는 상회 최고라고 할 수 있으니까."

그렇겠지.

아주 피도 눈물도 없는 거래 방식으로 유명했었으니까. 아니, 정확히 말하면 유명해지니 말이다.

"먼저 어제 일은 미안하게 됐다. 무슨 일이 있었는지는 정확하게 들을 수 없었지만 네가 그렇게 행동한 데엔 그럴 만한 이유가 있었겠지."

"신경 쓰지 마. 어디에나 멍청이들은 있기 마련이지."

한두 사람의 행동으로 전부를 판단할 필요는 없다.

어제 울먹거리며 카운트를 세던 그 어린 기사한테는 조금 미안한 마음도 있으니 말이다.

"그런 일이 있었음에도 호위를 맡아 줘서 고맙다."

"서론이 기네. 그래서 본론이 뭐야?"

"난 이번 원정에서 베네딕트가 무언가를 꾸미고 있다고 생각한다."

정답이다.

이 친구, 생각보다 감이 좋은 친구였네.

베네딕트가 뭔가 엄청나게 큰 것을 꾸미고 있었으니 말이다.

"현재 해리슨 상회의 대표 자리는 공석이다. 일단 엘리자베스 아가씨가 임시 대표를 맡고는 있지만 정식 대표가 되려면 이사 회의에서 과반수 이상의 동의가 나와야 하지. 그래도 이번 거래를 완벽하게 해낸다면 이변이 없는 한 정식 대표로 임명되실 거야. 문제는……."

"베네딕트가 이변을 만들려는 거군."

"맞아. 엘리자베스님만 실각한다면 그가 유일한 해리슨이니까."

여기나 저기나 권력을 놓고 가족끼리 싸우는 건 비슷하다.

사람 사는 곳이 다 거기서 거기지 뭐 다른 게 있겠는가?

어쨌든 상황은 쉽게 이해가 되었다.

'일반적인 도적은 아니겠지.'

베네딕트가 이 습격을 준비한 것이라면 일반적인 도적단을 준비하지는 않았을 것이다.

역사서에는 단 한 줄.

기묘년(己卯年), 도적단의 습격으로 서역의 상단과 호위대가 전멸당한다.

무미건조하게 적혀 있던 그 한 줄에는 상당히 복잡한 이해관계가 얽혀 있던 셈이다.

'세상에 쉬운 일이 없네. 쉬운 일이 없어.'

하지만 도적단이든 뭐든 강할 것이라고는 예상하였으니 예상 범주 안이다.

'이 기회에 베네딕트도 제거할 수 있으면 좋지.'

베네딕트는 훗날 도움이 되는 인물이 아니다.

엘리자베스가 어떤 성향을 지녔는지는 모르지만 적어도 베네딕트보다는 낫겠지.

빅터는 말을 이어 갔다.

"그래서 그쪽이 엘리자베스님을 도와주었으면 좋겠다. 베네딕트는 내가 이끄는 기사단이 아가씨에게 붙어 있을 것이라는 걸 상정하고 작전을 짰을 테니 우리도 추가적인 조치가 필요하다."

"상황은 이해했어. 그렇게 하도록 하지. 나도 그 베네딕트라는 인간이 마음에 들지 않으니까."

"마음에 들지 않는다고?"

"생긴 게 겉과 속이 다르게 생겼잖아. 관상학이라는 게 있을 정도니까."

"동양의 신비, 그런 건가?"

"뭐, 그런 셈이지."

빅터는 피식 웃었다.

물론 나야 베네딕트를 직접 겪어 봐서 아는 것이었지만 말이다.

그리고 이왕 이렇게 된 거 나도 조금은 이득을 봐야겠다.

"그래서 말인데. 나도 부탁이 좀……."

그때 상혁이와 바보 같은 말투로 떠들던 엘리자베스가 빙 긋 웃으며 말했다.

"청매소를 드리죠."

"……."

엘리자베스 장사 잘하네.

내가 뭘 원하는지를 딱 알고 말하는 거 봐라.

해리슨 상회를 아주 잘 이끌어 갈 수 있겠어.

"괜찮겠습니까?"

"네, 한 병 정도로 당신 같은 실력자를 고용할 수 있으면 남 는 장사죠."

"원래 주인이 화낼 텐데요."

"배에서 유실됐다고 하면 됩니다. 간혹 있는 일이죠."

먼 길을 오는 만큼 주문한 물건이 유실되는 것은 흔한 일이 었다.

조금 더 의욕이 나기 시작했다.

"최선을 다해 지켜 드리죠."

"감사해요."

"대신 한 가지 부탁하고 싶은데. 지휘권은 내가 가져가도 되나?"

빅터는 잠시 생각하다 고개를 끄덕였다.

"하긴, 이곳의 지리와 마수에 대한 정보는 네가 더 잘 알 테니. 웬만하면 네 명령을 따르지."

"그럼 무사히 이번 원정을 끝내 보자고."

무슨 일이 있어도 엘리자베스를 지킨다.

이제 임무가 간단해졌다.

◆ ◈ ◆

서하와 대화를 나눈 엘리자베스는 숙소로 돌아가며 말했다.

"그래도 대화가 잘되었네요."

"네, 그런데 청매소를 요구할 줄 알고 계셨습니까?"

"네, 그거면 될 거라고 확신하고 있었습니다."

엘리자베스는 빙글 돌며 말했다.

"아버지를 위해 필요하다고 하더군요. 내년까지 시간이 있다고는 했지만 꽤 초조해 보였습니다. 기회가 있을 때 확실하게 얻고 싶었겠죠."

"그랬습니까?"

빅터가 이서하를 포섭하자고 한 그 순간부터 엘리자베스는 청매소를 내세울 생각이었다.

대화가 이처럼 잘 풀리지 않았더라도 이서하는 아마 수락했을 것이다.

"저라도 수락했을 거예요. 가족이 아프면 무슨 짓을 해서라도 치료하고 싶은 법이죠."

적어도 이서하의 눈빛은 그러했으니 말이다.

빅터는 씁쓸한 미소를 지으며 걸어가는 엘리자베스의 뒤를 보며 생각에 잠겼다.

에릭 해리슨.

전 대표인 그에게는 큰 빚을 졌다. 큰돈이 필요할 때 에릭은 흔쾌히 이를 내주었고 그 계기로 빅터는 상회에 합류했다.

'하지만 난 대표님을 지키지 못했다.'

원인 모를 병으로 에릭이 시름시름 앓으며 죽어 갈 때 빅터는 아무것도 하지 못했다.

그저 옆에서 슬퍼하고만 있었을 뿐.

하지만 이번에는 지킬 수 있다.

물리적인 위협이라면 목숨을 걸어서라도 엘리자베스를 지키리라.

빅터는 그렇게 다짐하며 엘리자베스의 작은 등을 따라 걸었다.

◆ ◈ ◆

청신산가.

서하의 아버지 이상원은 작은 약방에서 바쁘게 일하고 있었다.

청신에 들어온 뒤로 아들을 자주 볼 수 없었기에 이상원은 시민들의 건강을 살피며 소소한 삶을 살아가고 있었다.

그렇게 매일 같은 일상을 보내고 있을 때 이강진이 상원의 약방을 찾았다.

"상원이 있느냐?"

"네, 아버지. 어쩐 일이십니까?"

"서하 얘기나 하러 왔지."

"서하에게 또 무슨 일이 있습니까?"

"아니, 아무 일 없다."

상원은 작게 한숨을 내쉬었다.

아들이 잘나가는 것은 아버지로서 기분 좋은 일이었다.

신유철 국왕 전하와 신유민 저하의 총애를 받으며 날이 갈수록 이름을 드높이는 아들이 자랑스러울 수밖에.

하지만 동시에 걱정되기도 했다.

불나방처럼 위험에 몸을 던지는 아들이.

정치권의 핵심 인물이 되어 사방에 적을 만들어 가는 아들이 너무나도 걱정되었다.

"그럼 무슨 얘기를……."

"아직은, 아무 일이 없다는 얘기다."

심장이 덜컥 내려앉는다.

상원이 심각한 표정이 되자 이강진이 작게 입을 열었다.

"이번에 서하가 상단 호위 임무에 지원했다더구나. 그 아이가 꼭 해야 한다는 일 중에 쉬운 일이 있었느냐? 그래서 걱정이 되는구나."

"……그럼 이번에도 무슨 일이 있을 거라는 얘기십니까?"

"그럴 수 있지."

이강진 또한 살짝은 걱정된다는 듯 말했다.

"서하의 실력이 뛰어나다고 하나 아직 생존을 보장할 만큼은 아니니 걱정되는구나."

"무슨 일인지 알아보실 수 있으십니까? 혹 도움을 줄 수 있다면……"

"줘야지."

이강진은 약제를 살피다 말했다.

"지금부터 서하가 무슨 생각으로 호위대에 합류했는지 알아볼 생각이다. 필요하다면 내가 직접 서하를 도와주러 갈 수도 있고 말이야."

"부탁합니다."

"부탁할 거 없다. 네 아들이기도 하지만 내 손자이기도 하니까."

이강진은 자리에서 일어났다.

"너무 걱정하지 말거라. 금방 다녀오마."

이강진이 나가고 상원은 굳은 얼굴로 자리에 앉았다.

무력하다.

그냥 무사가 될 걸 그랬나? 사랑하는 아내를 어차피 지킬 수 없을 것이었다면 시도도 하지 않고 무공을 연마했다면 어땠을까?

그랬다면 아들과 함께 전장에 나가 다 클 때까지 지켜 줄 수 있지 않았을까?

'지금은 짐만 될 뿐이지.'

다시 수련을 시작해 보았으나 상원의 실력은 좋게 봐줘도 상급 무사.

지금의 아들보다도 약하다.

이기적이게도 가끔은 과거의 무능했던 아들이 그리웠다.

적어도 그때는 아들이 죽을지도 모른다는 걱정을 하며 살 필요는 없었으니 말이다.

"……제발 무사히 돌아와 다오."

그렇게 기도하는 수밖에 없다.

그리고 그때였다.

"콜록, 콜록!"

기침을 하던 상원은 헝겊으로 입을 닦았다.

하얀 헝겊에 검붉은 피가 묻어 나온다.

상원은 씁쓸하게 바라보며 읊조렸다.

"하아. 생각보다 빠르네."

의자에 앉은 상원은 하늘을 올려 보며 말했다.

"우리가 천생연분이긴 한가 보오. 부인."

처음 기침이 나왔을 때는 그저 날씨가 추워져 고뿔에 걸린 것이라고 생각했다.

하지만 열은 없었고, 콧물도 나오지 않았다.

그저 기침만 계속 나오며 숨을 쉬는 것도 편하지 않았다.

그렇게 증상이 심해지면서 상원은 스스로 진단을 내릴 수 있었다.

폐석증.

사랑하는 아내를 앗아 간 바로 그 병이었다.

"반년은 남았나?"

상원은 작게 중얼거렸다.

"우리 아들이 보고 싶네."

시간은 속절없이 흘러가고 있었다.

왕국의 서부와 동부를 나누는 대곤산맥(大ㅣ山脈).

백야차는 거사를 치를 장소에 미리 도착해 시간을 죽였다.

"여기로 오는 거 맞아? 대장. 도대체 언제까지 이러고 있어야 하는 거야?"

백야차의 부하 중 하나.

붉은 머리의 여성, 유비타가 물었다.

백야차는 심드렁하게 나무 위에 누워 아래를 내려다보았다.

"언젠가 오겠지. 그냥 기다려. 이것도 좋잖아. 여유롭고."

"아! 심심하단 말이야! 빨리 보고 싶은데! 그 청신 놈 옆에 엄청 예쁜 애 있다며?"

"나도 본 적은 없는데."

"예쁩니다."

돌 위에 가만히 앉아 있던 아티카의 말에 유비타는 애교를 부리며 말했다.

"나보다?"

"당연하죠."

"이 새끼가? 진짜 나보다 예뻐?"

"당연······."

아티카는 살기를 느끼고는 말했다.

"아닙니다. 유비타 씨가 더 예쁘네요."

"그렇지? 어린놈이 보는 눈은 있어서."

저 살기는 진짜였다.

아티카는 작게 한숨을 내쉬었다. 나준이랑 다닐 때는 그래도 편했는데 말이다.

이 미친 패거리에 합류하게 될 줄이야.

유비타는 히죽 웃으며 말을 이어 갔다.

"아티카는 계속 놈들 위치를 보고 있잖아. 언제쯤 와? 내일? 내일모레?"

"며칠 걸릴 거 같습니다. 상단의 규모가 꽤 커요."

"으아아아아! 심심해! 심심해!"

"아, 시끄러. 아카. 유비타 좀 데리고 가."

나무에 기대고 서서 불상을 깎던 나찰은 유비타를 힐끗 보고는 고개를 숙였다.

"감당 불가능. 파르펜이 해 주길 바람."

"푸하하하하! 그래, 그래. 내가 할게. 가자 유비타."

8척의 큰 키에 남들의 3배는 될 것만 같은 거대한 덩치.

파르펜은 유비타를 번쩍 안아 들고 어디론가 사라졌고 그제야 다시 평온이 찾아왔다.

하지만 아티카는 초조한 듯 다리를 떨었다.

'오지 않았으면 좋겠지만…….'

아티카는 여왕, 유아린을 계속 생각할 수밖에 없었다. 상단이 왕국 동부로 가기 위해서는 대곤산맥을 넘어야만 한다.

어떻게 해야 할까?

대곤산맥에 진입하는 순간 유아린은 죽은 목숨이나 마찬가지다.

애초에 진입하지 않도록 언질을 줄까?

하지만 그럴 엄두가 나지 않았다.

만약 그랬다가 백야차에게 들키면 아무리 희귀한 왕의 혈족이라도 무사하지는 못할 것이다.

'도대체 어떻게 해야…….'

아티카는 그저 땅만 바라보며 한숨 쉴 뿐이었다.

﹢ ◈ ﹢

수도를 비롯해 신평까지.

왕국 서부에서의 일정을 끝낸 상단은 대곤산맥을 향해 나아갔다.

'슬슬 거의 다 와 가네.'

대곤산맥(大ㅣ山脈).

뚫을 곤(ㅣ)자 모양으로 산맥이 형성되어 있어 붙은 이름이었다.

왕국 동부로 가기 위해서는 이 산맥을 넘는 것이 가장 빠르고 쉽다.

하지만 지금은 범의 아가리로 들어가는 셈이었다.

'회귀 전 역사에서는 이곳에서 모두 죽는다.'

대곤산맥을 넘어가던 상단은 도적단의 습격을 받아 전멸한다.

나는 그 사실을 빅터에게 알렸다.

"습격이 있을 것이라고?"

"응. 대곤산맥 깊숙이 들어가면 어떤 방식으로든 습격이 있을 거야."

"그럼 다른 길로 가는 것이 좋지 않겠어?"

"그랬다가는 다른 곳에서 습격이 들어올 거야. 차라리 예상 가능한 곳에서 공격받는 편이 더 낫지."

다른 길로 대곤산맥을 넘는 방법도 가능하다.

하지만 그것 역시 임시방편일 뿐이었다.

최악의 경우 내가 모르는 장소와 시간 때에 습격해 올 수 있었고 그렇게 되면 더 대처하기 힘들어졌다.

"정보적 우위가 있을 때 역으로 이용해야만 해."

"어떻게 이용할 생각이지?"

"일단 베네딕트가 이 작전을 생각했다는 전제하에 목표는 엘리자베스 대표님일 거야. 상품 손실을 감수하고 전 병력이 그녀를 지킨다면 못 할 것도 없지."

"……상품 손실이 있으면 이사회에서 대표님에게 책임을 물을 수 있다."

"하지만 베네딕트도 같이 책임을 져야겠지. 이번 원정의 실패는 엘리자베스님의 실패도 되겠지만 동시에 베네딕트의 실패도 될 테니까."

베네딕트는 이번 원정에서 반드시 엘리자베스를 죽일 생각일 것이다.

그렇기에 자신도 함께 참가한 것이다.

두 눈으로 직접 엘리자베스의 죽음을 확인하고, 또 습격에서 겨우 살아남은 피해자 연기를 해 상단을 휘어잡을 생각이겠지.

게다가 자신 역시 피해자라면 혹시나 모를 의심도 피해 갈 수 있을 테니 말이다.

"어쨌든 그쪽의 허가만 있다면 베네딕트가 상품 호위로 빼 버린 무사들 또한 대표님 옆으로 불러올 수 있어."

빅터는 고개를 끄덕였다.

꽤 오랜 시간 동안 동고동락하며 기사들과 무사들의 사이도 조금은 괜찮아졌다.

같은 편이 되어 싸우기에는 충분할 것이다.

"좋아. 그쪽 대장한테 요청해 보도록 하지."

"그리고 만약. 혹시라도 적이 너무 강하다면 엘리자베스의 생존을 최우선시할 거야."

"그렇게 하지."

빅터는 내 말에 고개를 끄덕였다.

엘리자베스만 살아 있으면 서역과 계속 교류를 할 수 있을 것이다. 훗날 해리슨 상회의 힘을 빌리는 것도 가능하겠지.

빅터는 회의 내용을 엘리자베스에게 보고하러 가다 고개를 돌리며 말했다.

"……고맙다."

"뭘, 물건값은 해야지."

나는 엘리자베스가 개인 호위 대금으로 준 청매소를 꺼내 흔들어 보였다.

푸른색 가루가 든 작은 병.

이것이 내 아버지의 목숨을 연장해 줄 것이다.

누군가에게는 그저 비싼 약제일지 몰라도 나에게는 무엇보다 소중한 것이니 그 값을 해야지.

그렇게 빅터가 미소를 지으며 사라지고 나는 청매소를 헝겊으로 꽁꽁 싸맨 뒤 안주머니에 넣었다.

귀중한 물건이니 몸에 지니고 있어야지.

"그나저나……."

베네딕트가 도대체 누구를 매수한 것일까?

호위대와 기사단을 전부 죽일 수 있을 만큼 강한 고수를 가진 조직.

그런 조직은 많지 않다.

'아마 암부겠지.'

대부분 이런 일은 암부가 맡는다.

'암부라면 문제없다.'

베네딕트가 천우진급의 무사를 고용했을 리도 없으니 내 친구들과 함께라면 그 누가 상대라도 엘리자베스는 지킬 수 있을 것이다.

혹여나 거금을 들여 천우진급의 무사를 고용했더라도 도망치는 것 정도는 가능할 터.

'나도 그때보다 더 강해졌으니까.'

뭐든 긍정적으로 생각하자.

이제 난 충분히 강해졌으니 말이다.

쓸데없이 강한 적을 상상하며 걱정해 봤자 달라지는 것은 없다.

이윽고 빅터와의 대화를 끝낸 백정엽이 환한 얼굴로 나타나 외쳤다.

"슬슬 출발한다! 모두 준비해. 지금부터는 대표님을 호위한다."

아무래도 대화가 잘 풀린 것만 같다.

◆ ◈ ◆

대곤산맥.

수시로 상단이 지나가야 하는 대곤산맥은 산길이라고는 믿을 수 없을 정도로 넓고 깔끔했다.

대표님의 부탁이라는 말에 백정엽은 바로 베네딕트를 무시하고 호위대 전원을 엘리자베스의 옆으로 이동시켰다.

역시 기회주의자.

조금이라도 자신에게 이득 될 것만 같은 사람의 말은 곧이곧대로 잘 듣는 성격이다.

엘리자베스는 바로 옆에 붙어 이동하는 백정엽에게 말했다.

"감사합니다. 대장님. 이 은혜는 다음에 꼭 갚는다. 아니, 갚습니다."

"하하하, 은혜라뇨? 해야 할 일을 할 뿐입니다."

백정엽은 열심히 좋은 사람 행세를 하며 엘리자베스에게 꼬리를 흔들었다.

어떻게든 잘 보이기 위해 옆에 딱 달라붙어 헛소리하는 것을 보니 하나는 확실했다.

백정엽은 무능할 뿐 배신자는 아니라는 것이 말이다.

'저런 놈이 사령관이니 전쟁에서 이길 리가 있나?'

신태민이 왕이 된 후 이 나라가 얼마나 망가졌었는지를 다시금 깨닫게 되는 순간이었다.

'그나저나 뒤통수가 따갑네.'

나는 바로 뒤에서 따라오는 베네딕트를 쳐다봤다.

똥 씹은 얼굴이다.

하긴, 기껏 호위대를 후방으로 돌리면서 별짓을 다 했는데 다시 이렇게 되니 기분이 어떻겠는가.

나 같아도 열 받지.

그렇게 이동하기를 한참, 상단은 해가 떨어지기 전에 적당한 장소를 찾아 야영을 준비했다.

"절대 긴장을 늦추지 마라. 불침번의 수를 두 배로 늘리고 조금이라도 이상한 움직임이 보이면 종을 울리도록."

"넵!"

빅터의 기사단은 흩어져 경계 태세에 돌입했다.

상혁이는 어둠 속을 바라보며 말했다.

"습격이 며칠날 있는 건지는 모르고?"

"내가 무슨 점쟁이도 아니고 그것까지는 모르지."

"뭐야? 아니었어? 난 너 신기 있는 줄 알았잖아. 막 다 맞춰서."

"……조금은 있는 거 같긴 해."

그냥 그렇다고 하자.

회귀했다는 것보다는 신기가 있다는 쪽이 더 설득력 있으니 말이다.

"그렇지? 그럴 줄 알았다니까."

상혁이는 호들갑을 떨면서 말하다 다시 한번 주변을 둘러보았다.

"그런데…… 기다릴 것도 없이 오늘인 거 같지?"

"아무래도 그런 거 같네."

내 육감에 수많은 움직임이 포착되고 있었다.

저 정도로 많은 인원이 우연히 상단 근처를 배회하고 있다는 건 있을 수 없는 일이다.

'하지만 너무 약한데.'

느껴지는 기운으로 보아 대부분 하급 무사 정도의 실력을 갖추고 있는 것만 같았다.

암부의 살수 중 가장 싸게 고용할 수 있는 놈들이 아닐까?

'본대는 따로 있겠지.'

저 정도의 전력으로 습격했다면 굳이 내가 나서지 않아도 호위대와 기사단만으로 정리할 수 있다.

'본대는…….'

아직 느껴지지 않는다.

섣불리 움직이지 말자.

최대한 적을 끌어들인 뒤 저들의 핵심 전력을 박살 내야만 한다.

그리고 그 순간이었다.

땡! 땡! 땡! 땡!

종소리가 사방에서 울려 퍼졌고 동시에 불길이 치솟아 올랐다.

'시작됐다!'

엘리자베스가 급히 천막에서 나옴과 동시에 기사단이 몰려들었다.

"어떻게 된 겁니까?"

"예상대로 습격입니다. 자리를 유지해 주세요."

엘리자베스가 공포에 질려 혼자 도망치기 시작하면 그녀를 지키기가 더 힘들어진다.

"알겠습니다."

다행히도 엘리자베스는 내 말을 들어주었다.

하지만 그렇지 않은 인물도 있었다.

"지금 뭣들 하는 거야! 상품을 지켜!"

베네딕트였다.

확실히 보통 상단을 습격하는 이유는 상품이기에 베네딕트의 말이 맞다.

하지만 그랬다면 상품에 불을 지르지도 않았을 것이다.

'저건 미끼다.'

상품 쪽으로 호위대를 유인하려는 미끼.

절대로 속을 수 없지.

'약간의 피해를 감수하더라도 엘리자베스만 지키면 우리의 승리다.'

암부의 고수가 본대를 끌고 나타난다고 하더라도 이곳에는 각 소대장과 내 친구들을 비롯해 선인급의 강자가 10명이나 있다.

적에게 휘둘리지만 않는다면 쉽게 승리를 쟁취할 수 있으리라.

그렇게 생각할 때였다.

"도, 도망쳐!"

한 무사의 외침에 모두의 시선이 돌아갔다.

도망치라니.

그게 무슨…….

"나찰이다!"

나찰이라는 말에 모두의 표정이 굳었다.

"뭐?"

당황도 잠시.

한 무사의 몸이 내 옆으로 날아와 땅을 뒹굴었다.

완전히 뭉개진 얼굴.

'나찰, 그렇다면…….'

이 왕국에 나찰을 수족처럼 부릴 수 있는 집단은 단 하나였다.

'은월단!'

배후는 암부가 아니라 은월단이었구나.

그러면 또 말이 달라지는데 말이다.

은월단에는 바로 그 나찰이 있지 않은가?

"오랜만이구나."

순간 온몸에 소름이 돋았다.

내 몸이 저 목소리를 기억하고 있다.

반사적으로 극양신공을 사용한 나는 바로 천광을 뽑아 들며 목소리가 들린 방향을 바라봤다.

그곳에는 무수한 뿔을 가진 나찰이 서 있었다.

백야차(白夜叉).

은월단이 자랑하는 최강의 나찰.

나는 있는 힘껏 외치며 백야차를 향해 달렸다.

"엘리자베스를 데리고 도망쳐!"

그와 동시에 백야차가 나를 향해 달려들어 가슴을 걷어찼다.

엄청난 충격에 몸이 날아간다.

'망할!'

지금 백야차가 엘리자베스를 노리면 답이 없다.

어떻게든 다시 자세를 잡아야 한다.

그러나 다행인지 불행인지 백야차는 내 멱살을 잡아 바닥에 꽂았다.

충격으로 뇌가 울린다.

그래도 엘리자베스를 무시하고 나에게 온 건 고맙다.

"보고 싶었다고. 꼬마야."

"아이고, 어쩌냐? 넌 내 취향이 아닌데."

난 천광을 휘둘러 백야차를 밀어낸 뒤 자세를 잡았다.

"그래도 조금은 놀아 줄게. 뿔쟁이."

보고 싶다고 친히 여기까지 와 줬으니 최소한의 보답은 해
줘야겠다.

이서하가 백야차와 함께 멀어지자 나머지 광명대원들이
바로 움직였다.

"서하야!"

가장 빠르게 반응한 것은 당연하게도 유아린이었다.

음기 폭주를 사용한 그녀는 앞뒤 생각하지 않고 서하를 돕
기 위해 달렸다.

그러나 동료는 서하에게만 있는 것이 아니었다.

"찾았다!"

붉은 머리의 나찰, 유비타가 달려들었다.

육감으로 유비타가 달려든다는 것을 눈치챈 아린은 팔을
들어 공격을 막았다.

챙! 하는 소리와 함께 여자의 갈고리가 팔에 막혔다.

"어머? 피부가 왜 이렇게 단단하니. 얘?"

"……."

피부가 아니라 귀혼갑이었으나 유아린은 쓸데없는 대화로

시간을 보낼 생각이 없었다.

화강신법, 낙화(落花).

전신을 두드리는 연타.

그 시작은 상대의 안면부터였다.

"어머머?"

유비타는 안면으로 날아오는 주먹을 피하며 말했다.

"확실히 예쁘긴 예쁜데……. 약하네."

유비타의 갈고리가 아린의 볼을 스치고 지나갔다.

"죽어. 난 나보다 예쁜 것들이 싫거든."

"……하아."

아린은 신경질적으로 인상을 찌푸리며 중얼거렸다.

"별 이상한 게 걸려서."

유비타가 헛소리를 하거나 말거나.

유아린은 빨리 저 여자를 처리하고 서하를 도우러 갈 생각
뿐이었다.

◆ ◈ ◆

그 시각, 중대장인 백정엽은 완전히 얼어붙은 상태였다.

'뭐야? 지금. 무슨 일이 벌어지고 있는 거야?'

지금까지 편안하게 수비대의 임무만 해 온 백정엽은 단 한
번도 나찰을 실물로 본 적이 없었다.

들은 적은 많았다.

북대우림에서 나찰이 나타났다느니, 어떤 도시를 나찰이 습격했다느니 하는 말을 들었을 때 그의 반응은 한결같았다.

"무사가 목숨 걸고 싸워 못 이길 건 없다! 도망치는 놈들은 근성이 부족한 거야!"

그리고 본인은 정말 나찰이 나타나도 겁먹지 않고 싸울 수 있을 거로 생각했었다.

'여기 왜 나찰이⋯⋯?'

자신이 경험하지 못했던 일에 그리 쉽게 입을 놀리면 안 됐었다.

압도적인 음기에 다리는 굳었고 머리는 멍해졌다.

그때였다.

이진수가 악을 쓰며 백정엽에게 달려왔다.

"중대장! 지시를!"

"⋯⋯뭐?"

"지시를 내려 주십시오!"

다른 소대장들 역시 위치를 지킨 상태로 백정엽의 명령을 기다렸다.

그 와중에도 백야차의 부하 중 하나인 아카는 호위대를 학살하고 있었다.

"으아아아악!"

아카가 긴 장검을 휘두를 때마다 여지없이 무사들의 목이 날아갔다.

"이런 망할!"

이를 참지 못한 한 소대장이 달려들었으나 역시나 몇 합을 버티지 못했다.

"……!"

선인이 죽는 것을 본 무사들은 모두 백정엽에게로 시선을 돌렸다.

중대장. 직책으로 보나 알려진 실력으로 보나 그가 나서야만 하는 상황이었다.

하지만 움직일 수 없다.

달려들면 죽을 것임을 알기에 백정엽은 그 무엇도 할 수 없었다.

그때 뒤에서 한상혁이 걸어 나오며 말했다.

"저놈은 제가 막죠."

그리고 누가 뭐라고 대답하기도 전에 아카를 향해 달려들었다.

"잠깐! 안 돼!"

선인도 10합을 버티지 못한 상대에게 일반 무사가 이길 수 있을 리가 없다.

한 합이라도 받아 내면 다행일까?

한상혁이 서하의 부대원임을 아는 이진수가 말리려 외치는 그 순간이었다.

아카의 공격을 피하며 파고들은 한상혁이 검을 휘두르기 시작했다.

눈으로 따라가는 것조차 힘들 정도로 변화무쌍하고 빠른 공격.

절체절명의 위기에서도 넋을 놓고 볼 정도로 수준 높은 전투.

'어떻게 저 나이에 저런 수준을……'

이진수는 고개를 흔들었다.

작년 무과에 합격한 이들로만 이루어진 특이한 부대다.

분명 이서하가 선택한 재능만 모여 있을 터.

'저 아이와 함께라면……'

해볼 만하다.

한상혁이 나찰을 상대하는 동안 같이 협공에 들어가면 승산이 있으리라.

이진수는 바로 백정엽에게 말했다.

"협공하면 이길 수 있습니다! 당장 명령을!"

"……협공?"

백정엽은 겁에 질린 얼굴로 한상혁과 아카의 전투를 바라봤다.

저 무지막지한 싸움에 끼어들어 협공하자고?

죽을 수도 있는데?

초절정 고수가 아닌 이상 저 치열한 전투에 끼어들어 생존을 보장할 수는 없다.

'하지만 도망치면 살아도 사는 게 아니다.'

저 어린 친구들을 버리고 도망쳤다는 사실이 퍼지면 평생 조롱당할 것이 분명했다.

어떻게 해야 할까?

어떻게 해야 체면을 지키며 안전하게 도망칠 수 있을까?

그렇게 생각할 때 좋은 생각이 뇌리를 스쳐 지나갔다.

"……우리는 엘리자베스 대표님을 지킨다."

"네?"

"승산이 없어! 나찰이 하나가 아니다."

백정엽은 주변을 돌아봤다.

지금까지 나타난 나찰은 총 셋.

광명대원들이 어떻게든 이들의 음직임을 막아 주고는 있었으나 다들 밀리고 있는 모양새였다.

"우리는 상단 호위 임무를 맡고 온 것이야! 나찰 사냥을 나온 것이 아니란 말이다! 임무를 헷갈리지 말도록!"

"하지만 도와주지 않으면 광명대는 다 죽습니다!"

"전쟁에서 희생은 필수 불가결한 것이야!"

백정엽은 씩씩거리며 외친 뒤 말했다.

"광명대장도 엘리자베스 대표를 지키라고 하지 않았느냐? 그도 원한 일이다."

"……하지만."

이진수가 망설이자 백정엽의 그의 어깨를 밀며 말했다.

"그럼 자네와 자네 부대만 남게. 나머지는 엘리자베스 대표를 호위하며 이곳을 빠져나간다. 광명대의 희생을 물거품으로 만들지 마라!"

"넵!"

이미 겁을 먹었던 소대장들은 모두 백정엽의 명령에 따랐으나 이진수는 멍하니 서 있을 뿐이었다.

백정엽은 콧방귀를 뀌고는 말했다.

"그럼 가자!"

이걸로 됐다.

도망치는 것이 아니다.

임무를 수행할 뿐이다.

나중에 광명대는 영웅적이었다며 역사에 기록해 주면 될 일이다.

'그걸로 충분하다.'

중대장은 임무에 집중해야 하지 않겠는가?

백정엽은 바로 엘리자베스가 있는 곳으로 달려갔다.

엘리자베스는 한 짐마차 앞에서 무언가를 찾고 있었다.

"대표님! 지금 당장 이동해야 합니다."

"잠시만! 찾아야 할 게······."

"그럴 시간이 없습니다! 죽으면 그깟 물건이 도대체 무슨······."

"찾아야 할 게 있다고 하지 않았습니까!"

엘리자베스의 외침에 백정엽은 흠칫 놀라며 말을 멈췄다.

가장 중요한 계약을 위해 상품을 챙겨야만 했다.

불타고 있는 짐마차 구석에서 작은 병을 찾은 엘리자베스는 품속에 넣은 뒤 말했다.

"이제 됐습니다."

"그럼 바로 출발하시죠."

그런데 이서하가 보이지 않는다.

"이서하 무사님은요?"

"지금 나찰과 싸우고 있습니다. 지금 이때 도망쳐야 합니다."

"혼자서요? 나찰을?"

락샤사(Rakshasa).

갈리아에도 나찰이 있었고 이들 역시 재앙에 가까운 존재로 인식됐다.

"그게 가능합니까?"

"그러니 빨리 도망쳐야죠. 이서하 대장이 죽기 전에!"

"그런⋯⋯."

엘리자베스가 당황하는 사이 백정엽은 인상을 쓰며 빅터에게 외쳤다.

"넌 뭐 하나! 지금 당장 대표님을 데리고 따라와!"

언어는 같지 않았으나 뜻은 통했다.

빅터는 고개를 끄덕였다.

나찰이 등장한 이상 사소한 감정에 판단을 그르칠 수는 없었다.

나찰은 재앙 그 자체.

그저 도망치는 것밖에는 방법이 없다.

"실례하겠습니다. 아가씨."

빅터는 엘리자베스를 안아 들고는 부하들에게 말했다.

"후퇴한다! 상품은 전부 버려! 아가씨를 최우선으로 지킨다!"

"아가씨를 최우선으로!"

"길 안내는 내가 하겠다."

백정엽은 앞으로 달려 나가기 시작했고 빅터가 그 뒤를 따랐다.

'이걸로 된 거다.'

백정엽은 만족스럽게 미소를 지으며 생각했다.

'난 누가 봐도 옳은 지휘를 하는 거야.'

자신의 행동에 후회는 없었다.

그리고 베네딕트는 엘리자베스가 도망치는 것을 분노 가득한 얼굴로 바라보고 있을 뿐이었다.

Chapter 48.

Chapter 48.

나찰만 아니길 바랐다.

아니, 정확히 말하면 백야차만 아니길 바랐다.

하지만 이미 벌어진 일을 어쩌겠는가?

그냥 목숨 걸고 싸워야지.

난 극양신공을 끝까지 끌어올렸다.

적오의 심장 탓인지, 온몸을 태우는 양기가 문제인지, 아니면 백아차에 내한 두려움 때문인지 심장이 미친 듯이 뛰어 댔다.

이성을 마비시킬 정도의 고양감.

"쉽진 않을 거다. 백야차."

"내가 너한테 내 별명까지 알려 줬던가?"

안 알려 줬었나?

뭐, 상관없다.

천광이 불타오르기 시작하고 나는 열기를 토해 내며 백야차를 향해 달려들었다.

"우오오오오!"

백야차는 지금까지는 가소롭다는 듯이 웃고 있다.

"그래, 과거에는 인간들이 전부 너처럼 싸웠다고 하지."

그 순간 천광이 백야차의 팔을 베었다.

아니, 부딪혔다는 표현이 더 정확할 것이다.

챙! 하는 소리와 함께 백야차의 팔에 천광이 막혔다.

"어라?"

이거 이러면 안 되는데.

분명 저번에는 베어지지 않았었나?

"왜? 베어지지 않아서 당황했나?"

그와 동시에 백야차의 주먹이 복부에 꽂혔다.

공격에 실패했으면 맞아야지.

그건 나라고 피해 갈 수 없는 필연적인 일이었다.

"크윽!"

양기로 강화된 신체가 아니었다면 배가 뚫려도 이상하지 않을 정도로 강한 공격이었다.

백야차는 의기양양하게 말했다.

"성장하는 게 너뿐이라고 생각했냐? 당연히 나도 열심히 수련해야지. 진정한 무적은 생채기조차 나선 안 되거든."

"하아, 씨. 이거 반칙이잖아. 반칙."

애초에 더 우월한 종족인 나찰로 태어나 재능마저 압도적
이면 어쩌라는 거냐?

"다시 한번 들어오라고. 아직 최선이 아니잖아."

최선이다.

백야차랑 싸우면서 힘을 비축할 만큼 나는 오만하지 않다.

그렇다면 어떻게 하면 이길 수 있을까?

한계를 돌파해야 하나?

그게 말이 쉽지 그냥 갑자기 확 되는 일은 아니지 않은가?
애초에 재능 하나 없는 내가 말이다.

'난 애초에 그럴 그릇이 아니잖아.'

준비한 게 바닥나면 그걸로 끝은 범인(凡人)이 아닌가.

바보같이 또 자조적인 생각만 든다.

그렇게 생각할 때였다.

"지금 여기서 뭐 하는 거야!"

저 멀리서 진노한 베네딕트가 달려왔다.

베네딕트는 나를 힐끗 보더니 백야차를 향해 말했다.

"은월단이 나찰을 보내 준다기에 기대하고 있었는데 아주 형
편없군. 너희들은 엘리자베스를 죽이러 온 거 아니었나? 목표가
이미 전속력으로 도망치고 있는데 왜 여기서 노닥거리고 있어?"

저 인간이 권력에 눈이 멀어 정신이 나갔나?

백야차에게 저렇게 큰소리를 칠 줄이야.

담 하나는 인정해 줘야 할 것만 같았다.

"아, 맞아. 그랬지. 너 빼고 다 죽이는 게 목표였지."

백야차는 머리를 긁적이고는 말했다.

"알았어. 알았어. 네 말대로 해 주지. 어차피 이 꼬마한테 볼일도 끝났으니 말이야."

그 순간 난 백야차에게로 끌려갔다.

중심력(中心力).

'망할, 이게 있었지.'

무너진 자세를 고치려는 그 순간 백야차의 주먹이 안면으로 날아들었다.

'아……'

픽! 하는 소리와 함께 순간 기억이 날아갔다.

정신이 들었을 때는 하늘이 빙글빙글 돌며 시야가 점점 흐려지고 있었다.

그리고 저 멀리 백야차의 목소리가 들려왔다.

"자, 이제 출발하지. 하지만 다시 한번 나에게 명령하면 너부터 죽일 것이야. 알겠나?"

"……빨리 임무나 수행해."

"크크크. 알았다고. 알았어. 우리 편이니 이 정도는 봐주마."

백야차가 멀어지는 것과 함께 점점 시야가 가려진다.

이대로 끝나는가?

회귀까지 해, 어떻게든 성무학관을 졸업하고 수많은 강적을 죽였음에도 결국 나보다 강한 존재를 넘지 못하고 이대로 숨을 거두는가?

나는 고작 이것뿐인가?

두근!

이대로 죽을 수는 없다.

내가 죽으면 아버지의 병은 누가 고치겠는가?

아린이는?

신유민 저하는 왕자의 난에서 승리할 수 있을까?

여기에서 죽기에는 너무 많은 것을 짊어지고 있다.

'이렇게 죽기 위해 돌아온 것이 아니다.'

움직여라. 제발 움직여라.

그 순간, 붉은 기운이 따뜻하게 내 몸을 감싸 안았다. 온몸이 정화되는 것만 같은 느낌.

난 비슷한 경험을 무과 때 한 적이 있었다.

적오(赤烏)의 기운.

'……그렇구나.'

마물의 심장을 먹으면 그 마물의 특성을 가질 수 있다.

'적오의 특성은 그저 날개가 돋아나는 것이 아니었어…….'

적오(赤烏)의 진정한 특성.

그것은 바로 부활(復活)이었다.

◆ ◆ ◆

　백야차가 서하를 데리고 사라진 그 순간 상혁 역시 아린처럼 반응했었다.

　그러나 그와 동시에 아린이 습격당하고 또 하나의 나찰이 다가오는 것이 느껴졌다.

　'한 놈이 아니다. 최소 셋.'

　서하를 도우러 가는 것이 맞는가? 아니면 무사들을 지키는 것이 맞는가?

　'서하를 도우러 갔다가는 전멸이다.'

　상혁은 이미 무사들을 도륙하고 있는 나찰을 돌아보았다.

　서하의 목표는 상단 대표를 지키는 것.

　그 목표를 위해서라면 저 나찰을 막아야만 했다.

　'내가 해내야 한다.'

　서하는 조건 없는 선행을 베풀어 주었다.

　탈락 위험을 감수해 가며 입학시험을 도와주었고 그 이후에는 입학 비용까지 대 주었다.

　그 이후에는 어떤가?

　성무대전에서 우승을 시켜 주는 것으로 아버지의 비급은 물론 주은희의 목숨까지 살려 주고도 그 어떤 것도 부탁한 적이 없다.

　정말로 아무 조건이 없었을까?

상혁은 그렇게 생각하지 않았다.

서하가 자신을 물심양면으로 도와준 이유.

그것은 단 하나.

'날 전력으로 생각했기 때문이다.'

무과에 합격하고 앞으로 자신이 걸어가는 길에 동반자가 되어 달라는 말을 하고 있었을 것이다.

그러니 이제는 해내야 한다.

'이제 나도 한 사람의 무사로 역할을 해야 한다.'

나찰이 셋이라면 서하와 아린이처럼 하나를 맡아 싸울 수 있어야만 한다.

'3년 동안 그것만을 위해 살아왔다.'

상혁은 현철쌍검을 빼 들고 당황하는 무사들 사이를 지나가며 말했다.

"저놈은 제가 막죠."

이제 광명대의 한 사람으로서 그 역할을 다하리라.

천뢰쌍검, 만뢰(萬雷).

천뢰쌍검의 비기 중 하나.

만 개의 번개가 아카를 향해 쏟아졌다.

"으아아아아아아!"

나찰은 만만한 상대가 아니기에 처음부터 전력을 다한다.

무거운 현철쌍검을 완벽하게 사용하기 위해 외공을 갈고 닦았고 매일같이 신로심법으로 내공을 쌓았다.

내공이 주변 공기를 흔들었고, 긴장한 근육이 터질 것처럼 부풀어 올랐다.

그러나 상혁의 공격은 그저 화려하기만 할 뿐.

아카에게 닿을 수는 없었다.

그렇게 만뢰의 초식이 끝났을 때, 검을 맞댄 아카가 말했다.

"넌 약하구나."

그 말에 상혁은 이를 악물었다.

안다.

서하보다도, 아린이보다도 약하다는 것을.

가장 가까운 곳에서 두 사람을 보았기에 그 사실은 상혁이 가장 잘 알고 있었다.

"나는……!"

상혁이 입을 여는 순간 아카의 장검이 그를 후려쳤다.

어떻게든 쌍검을 교차해 막았으나 상혁은 충격으로 멀리 밀려났다.

"상혁아!"

주지율이 돕기 위해 달려들었으나 상혁은 큰 목소리로 외쳤다.

"넌 대표님 지켜!"

그리고는 걱정하지 말라는 듯한 미소와 함께 말을 끝냈다.

"백정엽 그 찐따가 제대로 일하겠냐? 너라도 가서 지켜라. 서하한테 필요한 사람이야. 박민주! 너도 가! 지율이 혼자서는 못 해! 순경대도 부탁합니다!"

상혁의 외침에 모두 고개를 끄덕이고 엘리자베스가 향한
곳으로 달려갔다.

아카는 멀어지는 무사들을 바라보며 한숨을 내쉬었다.

"귀찮네."

아카는 그 어떤 나찰보다 효율을 중요시했다.

무력한 토끼들이라도 사방팔방으로 도망치기 시작하면 잡
는 데 힘과 시간이 소요되기 마련이다.

"어쩔 수 없지."

아카는 그렇게 중얼거린 후 움직였다.

"빨리 처리하는 수밖에."

상혁은 이를 악물고 아카의 공격을 막아 보았으나 그럴 때
마다 손가락 관절이 저렸다.

"크윽."

실력 차이는 극명하다.

'어떻게 하면 이길 수 있을까?'

상혁은 자신의 무력감을 잘 알고 있었다.

지금 당장은 서하처럼 극양신공을 사용할 수도 없었고 나
찰의 피를 이어받은 아린처럼 폭주할 수도 없었으니까.

그럼에도 불구하고 상혁은 자신을 의심한 적이 없었다.

'난 재능이 있다.'

자만심에서 나오는 말이 아니었다.

아무리 서하가 딱 맞는 수련 방법을 가르쳐 주었다고 하더라도 자신의 성장 속도가 다른 아이들에 비해 비정상적이라는 것쯤은 느끼고 있었다.

'하지만 이대로는 안 된다.'

남들보다 빠르다고 해서 충분한 것은 아니다.

서하와 아린이는 언제나 자신보다 앞에서 달려가고 있었으니까.

언제까지 친구들의 등만 보고 달릴 것인가?

언제까지 범인(凡人)들의 우상만 될 것인가?

'서하가 나에게 기대하는 것은…….'

고작 그것이 아니지 않은가?

'조금 더…….'

더 빠르게. 지금보다도 더 빠르게 성장해야 한다.

수련이라는 시간이 걸리는 방법만으로는 눈앞에 닥친 난관을 헤쳐 나갈 수 없다.

지금 당장 한 단계 성장해야만 한다.

그 정도의 재능이 없다면 이 자리에서 죽으리라.

'난 어느 정도인가?'

서하가 믿은 나의 재능은 어느 수준인가?

'나는…….'

한계를 돌파해야 한다.

그 순간, 상혁은 이를 악물며 아카의 검을 쳐 냈고 아카가 표정을 찌푸렸다.

아까부터 상혁은 아슬아슬하게 치명타를 피해 가고 있었다.

살갗이 찢어지고 온몸에서 피를 흘리고 있었으나 눈빛만큼은 죽지 않았다.

'……뭐가 문제이지?'

효율을 중시하는 아카는 절대로 필요 이상의 힘을 쓰는 일이 없었다.

그러나 상혁은 아카의 예상을 뛰어넘고 계속해서 버텼다.

무엇이 잘못되었을까?

상대 실력에 대한 평가가 잘못되었을까?

그럴 리는 없다.

그렇다면 답은 한 가지.

'……상대가 점점 강해지고 있다.'

상혁이 믿을 수 없는 속도로 성장하고 있던 것이다.

'위험한 재능이다.'

순간 등에 소름이 돋는다.

실시간으로 성장하는 재능이라니.

그런 것은 나찰들 사이에서도 본 적이 없었다.

'그렇다면…….'

효율 따윈 버리고 전력을 다해 상대를 죽이면 된다.

'지금 만난 것이 다행이군.'

저 재능의 끝은 어디일까?

그러나 아쉽게도 그것을 볼 기회는 없을 듯싶다.

'전력을 다한다.'

아카의 몸이 은빛으로 빛나고, 그는 장검을 크게 내려쳤다.

"죽어라."

은빛 검기가 모든 것을 베고 나아간다.

지금 상혁의 실력으로는 절대 피할 수도, 막을 수도 없는 공격.

적어도 아카는 그렇다고 생각했다.

그러나…….

이미 한상혁은 바로 앞까지 파고든 뒤였다.

'뭐?'

1초 전의 한상혁과 지금의 한상혁은 다르기에.

한상혁은 아카의 공격을 예측하고 미리 파고든 것이었다.

"고맙다."

아카가 뒤로 물러나는 동시에 상혁의 쌍검이 그의 가슴을
스쳤다.

붉은 피가 하늘로 솟구치고 피투성이의 상혁이 말했다.

"내 한계를 깨 줘서."

지금, 이 순간.

한상혁은 또 한 계단을 올라섰다.

◆ ◈ ◆

빅터의 품에 안긴 엘리자베스는 계속해서 뒤를 돌아보았다.

서하가 마음에 걸렸다.

"괜찮겠죠? 이서하 무사님은 꼭 집에 돌아가야 할 이유가 있는데……."

"무사할 겁니다. 강한 사람이니까요."

그렇게 말하는 빅터 또한 확신은 없었다.

아니, 오히려 서하가 죽었을 것이라고는 어느 정도 확신할 수 있었다.

나찰이란 그런 존재니까.

기사 훈련을 받을 때도 어쩔 수 없는 경우를 제외하고는 절대 나찰과 싸우지 말라고 배울 정도였다.

그런 나찰을 이서하는 혼자서 상대하고 있었다.

'아마 죽었을 거다.'

그의 희생을 무의미하게 만들 수는 없었다.

최대한 멀리.

나찰이 따라올 수 없을 정도로 멀리 도망쳐야 한다.

그러나 얼마 못 가 하늘에서 나무 한 그루가 날아들었다.

"……!"

호위대 전원이 시선을 돌린 곳에는 서구의 나찰, 파르펜이 서 있었다.

"크하하하, 많이도 놓쳤다."

빅터는 바로 백정엽에게로 시선을 돌렸다.

대곤산맥의 지형은 백정엽이 누구보다 잘 알고 있어야만 한다.

그러나 그 가장 중요한 백정엽이 굳어 있었다.

"……도대체 몇 마리가 온 거야?"

백정엽은 현실을 부정하고 있었다.

나찰이 총 넷.

많이 만나 봤자 하나, 둘이라는 나찰이 왜 이 대곤산맥에 넷이나 있을까?

'도대체 저 상단이 뭐라고?'

나찰이 이렇게까지 하는 것인가?

"백정엽 중대장!"

엘리자베스의 외침에 백정엽은 정신을 차리고는 그녀를 바라봤다.

"이제 어디로 가나? 어디로!"

"……싸웁니다. 저 나찰을 죽여야만 합니다. 먼저 기사단이 정면에서 버텨 주면 우리 호위대가 놈의 뒤를 치겠습니다."

엘리자베스는 그 말을 그대로 빅터에게 전했다.

빅터는 고개를 끄덕이고는 엘리자베스를 내려놓았다.

"기사단 전원 돌격! 저 나찰을 베고 지나간다."

"넵!"

기사단은 오랫동안 같이 훈련한 만큼 서로의 사각을 막아 주며 파르펜을 공격해 들어갔다.

'여기에 무사들까지 합세하면 가능성이 있다.'

이 덩치는 서하를 습격한 그 나찰급은 아니었기에 승산이 없는 것은 아니었다.

그러나 무사들이 협공해 오지 않았다.

"무슨……."

이상함을 눈치챈 빅터가 고개를 돌렸을 때는 이미 무사들이 사방으로 흩어진 뒤였다.

"……."

속았다는 것을 깨달았을 때는 이미 늦은 뒤였다.

◆ ◈ ◆

같은 시각 유아린은 유비타와 난타전을 벌이고 있었다.

흥분해 마구잡이로 팔을 휘두르는 유비타와 달리 아린은 절제된 움직임으로 차곡차곡 타격을 쌓아 올라갔다.

결국 유비타가 폭발하며 외쳤다.

"으아아아아! 짜증 나! 나찰도 인간도 아닌 게."

"인간이야."

"꺄하하하, 인간은 무슨. 반쪽짜리 수제에. 그러면서도 나보다 예쁜 게 마음에 들지 않아."

"그럼 세상에 마음에 드는 게 없겠네."

"뭐?"

"다 너보다 예쁜 거 같은데."

아린이 빙긋 웃자 유비타가 표정을 굳혔다.

"아, 이 미친년 뭐래? 짜증 나게."

그리고는 머리를 쓸어 올리며 말했다.

"웬만하면 쓰기 싫은데. 우리가 따로 할 일도 있어서 말이야."

그와 동시에 유비타의 얼굴이 일그러지기 시작했다.

얼굴은 붉어졌고 몸에는 털이 돋아났으며 등에서는 칼날
이 날개처럼 솟아올랐다.

칼날의 태(態).

나찰이라면 누구나 가지고 있는 특수 능력.

유비타의 요술은 간단명료했다.

바로 탈태(脫態).

일종의 변신술로 신체 능력이 작게는 수배에서 수십 배까
지 늘어난다.

유비타의 칼날의 태는 그녀의 양팔과 다리, 그리고 8개의
추가적인 칼날을 만들어 주었다.

"……."

아린이 묵묵히 자세를 잡자 유비타가 조소를 흘렸다.

"고지식하긴."

그 순간, 유비타가 바람처럼 지나가면서 아린의 볼에 생채
기가 났다.

아린이 당황한 얼굴로 고개를 돌리자 유비타가 깔깔거리

며 웃었다.

"하하하, 놀랐어? 기대해. 그 예쁜 얼굴을 갈가리 찢어 줄 테니까."

아린은 흐르는 피를 슬쩍 닦아 본 뒤 생각했다.

'멍청하네.'

목을 노렸다면 이번 일격으로 끝낼 수 있었을 텐데 말이다.

외모에 집착하는 것을 보면 다음 공격은 분명 얼굴로 들어올 것이다.

그렇게 생각한 아린은 양팔을 들어 올려 얼굴을 보호했다.

아니나 다를까.

유비타는 얼굴을 집요하게 노려 왔고 아린은 아슬아슬한 곳까지 음기를 끌어올려 유비타의 움직임을 살폈다.

- 죽여라, 죽여라, 죽여라.

음기의 농도가 짙어지며 환청이 들리기 시작했다.

그러나 아린은 망설이지 않았다.

서하를 끌고 간 나찰은 눈앞의 멍청한 여자보다 훨씬 강했기에 한시라도 빨리 도우러 가야만 했다.

'내가 구해야 한다.'

그러기 위해 지금까지 노력한 것이 아니던가.

고작 환청에 흔들릴 것이었다면 애초에 부동심법을 익히지도 않았을 것이다.

아린은 점점 음기의 농도를 올렸다.

머리가 하얗게 변하고 그녀의 주변으로 음기가 용솟음쳤다.

환청이 뇌 속에서 울려 퍼지고 모든 것을 파괴하고 싶은 증오가 가득하였다.

그러나 한 가지는 명확했다.

이서하가 싫어할 만한 행동은 하지 않는다.

그것이 유아린의 흔들리지 않는 기준이었다.

그리고 유비타를 죽이면…….

"서하가 좋아하겠지."

아린은 자신의 얼굴로 날아드는 유비타의 8개 칼날 중 하나를 잡았다.

"어?"

유비타가 놀라는 순간 아린은 가차 없이 칼날을 뽑았다.

부욱! 칼날이 뽑혀 나오고 유비타가 비명을 질렀다.

"꺄아아아악!"

-죽여라, 죽여라, 죽여라, 죽여라.

환청에 세뇌된 아린은 자기도 모르게 중얼거렸다.

"죽이자."

그 순간, 아린은 그 어떤 존재보다 아름답게 웃었다.

유비타는 공포에 휩싸였다.

나찰이라고밖에는 생각할 수 없는 강렬한 음기.

광기에 사로잡힌 얼굴.

"뭐, 뭐야? 넌 도대체 뭐야?"

유비타는 악을 지르며 온몸의 칼날을 휘둘렀다.

그러나 아린이 입은 귀혼갑에는 상처 하나 낼 수 없다.

아린은 안으로 파고들어 유비타의 칼날 날개를 전부 뜯어낸 뒤 전의를 잃은 유비타를 바라봤다.

환청은 계속해서 아린에게 살아 있는 모든 것을 파괴하라고 속삭이고 있었다.

'아쉬운데.'

아쉽다.

대곤산맥에 있는 모든 생명을 빼앗아야 하는데 그럴 수 없다는 것이 너무나도 아쉬웠다.

그렇기에 유비타를 가지고 노는 것이었다.

'그래도 이제 서하한테 가야지.'

8개의 날개를 뜯어낸 것만으로도 어느 정도는 즐겼다.

아린은 울먹이는 유비타를 향해 걸어갔고 유비타는 등으로 기며 외쳤다.

"오지 마! 오지 말라고!"

그 순간이었다.

쾅! 하는 소리와 함께 옆쪽에서 누군가 아린을 향해 걸어왔다.

피투성이가 된 한상혁과 그를 들고 있는 아카였다.

아카는 유비타를 힐끗 보고는 아린에게 말했다.

"네 친구랑 내 동료를 교환하고 싶다."

"······졌냐? 한상혁."

상혁은 눈을 질끈 감고 있다가 말했다.

"요술 반칙이야."

한계를 깨부수는 것까지는 좋았다.

그러나 아카에게는 한 가지 수가 더 있었다.

바로 요술.

아카가 요술을 사용하는 그 순간 전세는 확 기울었고 상혁은 속수무책으로 당할 수밖에 없었다.

아무리 재능이 넘친다고 하더라도 처음 본 요술의 파훼법까지 알아낼 수는 없는 법이었다.

아린은 잠시 생각에 잠겼다.

서하라면 무엇을 바랐을까?

적 나찰 하나를 죽이는 것과 동료를 구하는 것.

사실 생각할 필요도 없었다.

"그럼 우리 바보 먼저 내놓고 가라."

"고맙다."

아카는 상혁을 아린에게 던짐과 동시에 유비타를 챙겨 사라졌다.

아린은 바닥에 누운 상혁을 내려 보다가 말했다.

"야, 일어나. 서하 도와주러 가야 하니까."

"······."

다행인지 불행인지 협상의 도구가 되었던 상혁은 치명상

을 면할 수 있었다.

대자로 누워 하늘을 바라보던 상혁은 벌떡 일어나 말했다.

"그래야지."

전장에서 휴식은 사치였다.

◆ ◈ ◆

무사들이 도망가 홀로 나찰을 상대하게 된 빅터의 기사단
은 고전을 면치 못했다.

아무리 공격을 가해도 파르펜의 피부를 뚫을 수는 없었고
오히려 공격한 기사들만 주먹에 맞아 날아갔다.

그렇다고 도망치는 것도 불가능하다.

초절정의 고수가 아닌 이상 나찰의 추격을 뿌리칠 수는 없다.

"이 개 같은 새끼들이."

결과적으로 정말 목숨을 걸고 호위를 해 준 것은 이서하의
광명대뿐이었다.

그러나 광명대는 지금 다른 나찰들을 막기에 바쁘다.

"대장! 우리가 막겠습니다. 대장은 먼저 대표님을 데리고
도망치십시오."

"너희들은……."

"알아서 눈치 보다 흩어지겠습니다. 소수의 희생은 어쩔
수 없습니다. 빨리 도망치십시오."

기사단의 부대장이 말했으나 빅터는 움직일 수 없었다.

길을 모르는데 어디로 가겠는가?

그때였다.

저 멀리서 화살이 날아와 파르펜의 어깨에 꽂히고 한 남자의 목소리가 들려왔다.

"대표님!"

광명대원 주지율이었다.

그가 이서하의 부하임을 아는 엘리자베스는 눈치를 보다 말했다.

"이서하 무사님은……?"

"아직 다른 나찰을 막고 있습니다."

주지율은 빠르게 상황을 파악하고는 입을 열었다.

"기사단이 시간을 끄는 사이에 도망쳐야 합니다."

"협력해서 싸워. 그러니까 싸우면 가능?"

"불가능합니다."

그리고는 빅터를 향해 도망치자는 손짓을 했다.

빅터는 고개를 끄덕였다.

부하들의 희생을 최소화하기 위해서라도 엘리자베스를 빠르게 대피시켜야만 했다.

엘리자베스만 없다면 사방으로 흩어져 알아서 생존할 수 있기 때문이다.

아무리 나찰이라도 한 몸으로 각기 다른 방향으로 도망치는 이들을 쫓을 수는 없을 터.

"그럼 안내하겠습니다."

주지율은 앞장섰다.

이번 호위 임무가 있기 전, 서하는 전 대원에게 대곤산맥의
지리를 외우게 했다.

"만약 습격이 있다면 바로 이 대곤산맥일 거야. 이곳의 지리
를 외워 놓고 만약의 상황에 합류할 지점도 만들어 놓아야 해."

모든 것이 서하의 말대로였다.

'미래를 보느니 뭐니 하지만…….'

주지율은 그런 허무맹랑한 소리를 믿지 않았다.

서하가 가지고 있는 것은 통찰력.

정보를 통합해 결론을 도출해 내는 신기에 가까운 통찰력
일 것이다.

'역시 서하는 다르다.'

자신이 선택한 주군의 능력에 다시 한번 감탄하는 주지율
이었다.

'이제 여기서 첫 번째 거점으로 가기 위해서는…….'

주지율은 언제나 우수한 학생이었기에 서하가 알려 준 도
주 경로를 전부 기억하고 있었다.

머릿속에 지도를 떠올린 뒤 생각을 마친 주지율이 앞장서
며 말했다.

"박민주! 너는 시간을 끌어!"

그리고는 뒤도 돌아보지 않고 달려갔다.

절정 고수급인 빅터의 실력이라면 뒤처질 일도 없으니 말이다.

그렇게 달리기를 한참.

주지율은 광명대가 정한 거점에 표시를 남기고 다음 거점으로 이동하기를 반복했다.

'빠져나갈 수 있다.'

그리고 만약 서하와 친구들이 살아 있다면 거점의 표식을 보고 합류해 올 것이다.

그렇게 약 3번째 거점에 도착할 때였다.

"어?"

이진수의 순경대원 중 하나가 뒤로 넘어졌다.

"대, 대장!"

다급한 외침에 이진수와 주지율이 고개를 돌렸다.

"어?"

위화감이 들자 등줄기가 오싹해졌다.

앞으로 달리던 중 뒤로 넘어질 수가 있는가?

"으아아아아!"

수풀 사이로 끌려간 대원의 비명이 끊어지고 한 나찰이 걸어 나왔다.

"자자, 찾았으니 됐지?"

어깨에 베네딕트를 짐짝처럼 들고 온 백야차는 그를 옆에 내려놓으며 말했다.

"······나찰."

서하를 습격했던 바로 그 나찰이 상처 하나 없는 모습으로 나타났다.

"서하가······."

졌다.

그것도 생채기 하나 내지 못하고 진 것이었다.

충격도 잠시 주지율은 바로 정신을 차리고 빅터에게 말했다.

"박민주! 엘리자베스 대표를······!"

데리고 도망치라고 말하려고 했다.

여기 있는 모두가 백야차의 시간을 끄는 동안 가장 민첩한 박민주가 엘리자베스를 데리고 도망친다면 승산이 있을 것으로 생각했으니 말이다.

하지만 그 명령은 전달되지 않았다.

"어어어어!"

주지율을 포함한 모든 대원들이 백야차를 향해 끌려들어 갔다.

주지율은 끌려가는 와중에도 창을 휘둘렀다.

구룡창법, 제1식 풍뢰룡(風雷龍).

번개처럼 빠르고, 바람처럼 유연한 공격.

주지율은 백야차의 심장을 찔렀으나 오히려 창이 부러지고 말았다.

우지끈! 하는 소리와 함께 주지율의 얼굴을 향해 주먹이 날아들었다.

퍽! 하는 소리와 함께 의식이 날아갔다.

멀리 날아간 주지율은 그대로 움직이지 못했다.

퍽! 퍽! 퍽! 퍽!

주먹 한 방에 무사 하나씩.

"이런……!"

빅터 역시 중심력의 대상이 되었다.

최대한 버텨 보던 그는 마지막의 순간 안고 있던 엘리자베스를 던졌다.

"꺄악!"

다행히도 중심력에서 벗어난 엘리자베스는 끌려가지 않을 수 있었다.

그러나 빅터는 다른 무사들과 같은 운명을 맞이했다.

눈앞으로 주먹이 날아왔고 빅터는 반격 대신 이마를 가져다 댔다.

어떻게든 버텨 볼 생각이었으나 엄청난 충격과 함께 빅터의 목이 꺾였다.

정신이 날아간다.

하지만 버텨야만 한다.

'내가 지켜야 한다.'

과거, 빅터의 딸이 저주에 걸린 적이 있었다.

한 달 안에 풀지 않으면 온몸이 썩어 가며 죽는 부패의 저주.

그 저주를 푸는 방법은 고위 성직자에게 정화를 받는 방법뿐이었다.

그렇게 향한 성당에서는 정화 비용으로 어마어마한 비용을 청구했다.

"이 금액이 말이 된다고 생각하십니까?"

"기적을 일으키기 위해서는 많은 돈이 필요한 법이죠."

빙긋 웃는 성직자의 얼굴은 그 누구보다 악마 같았다.

그때 에릭이 그 대금을 전부 대 주었다.

조건은 하나.

엘리자베스의 호위였다.

"근위대분들은 자존심이 강해 일개 상인 호위는 맡으려 하지 않더군요. 그렇다고 어중이떠중이는 믿음이 가지 않습니다."

단순한 거래였지만 빅터는 그 순간 생각했다.

엘리자베스는 자신이 꼭 지키겠다고 말이다.

그렇게 빅터는 억지로 허리를 세워 백야차를 돌아보았다.

"하아, 하아."

백야차는 조소와 함께 빅터를 바라볼 뿐이었다.

"서 있는 건 칭찬해 주겠지만 어차피 한 걸음도 못 움직이잖아?"

그의 말대로다.

한 걸음도 움직일 수 없다.

이미 뇌가 터져 버린 것만 같은 기분이었다.

"안 보는 게 좋을 텐데. 뭐, 원한다면 서서 봐라."

백야차는 천천히 엘리자베스를 향해 다가갔다.

제발 움직여라.

딸이 죽어 갈 때도 빅터는 그저 방관밖에 할 수 없었다.

그리고 지금 엘리자베스가 죽어 갈 때도 상황은 마찬가지였다.

언제나 무력하다.

'제발, 제발, 제발……'

모든 것이 끝나는 그 순간이었다.

저 멀리서 황금빛 기운이 날아와 백야차를 향해 돌진했다.

낙월검법, 이위화(已爲火)

황급히 팔을 들어 공격을 막은 백야차는 놀란 얼굴로 말했다.

"어? 너……!"

부활한 이서하의 등장이었다.

신로심법으로 기본적인 운기조식을 한 나는 백야차의 뒤를 쫓았다.

백야차는 엘리자베스를 찾으러 갔다.

만약 내 친구들이 엘리자베스를 데리고 도망쳤다면 미리

얘기해 둔 대로 표식을 남기며 움직였을 것이다.

그리고 도착한 첫 번째 거점.

'표식이 있다.'

누군가가 이곳을 지나갔다는 소리였다.

그렇다면 정해진 경로로 따라 두 번째, 세 번째 거점으로 가다 보면 언젠가 따라잡을 수 있을 터.

'빨리 가야 한다.'

백야차를 상대로는 1초를 버티는 것도 힘들 테니 말이다.

나는 극양신공을 끌어올렸다.

전보다도 더 몸 상태가 좋아진 것만 같은 기분이 들었다.

'김희준 때도 그랬지.'

그때도 갑자기 상태가 회복된 것만 같이 느껴졌었다.

'죽음에서도 부활시켜 주지는……'

그렇지는 않을 것이다.

그랬으면 적오(赤烏)도 살아났겠지.

어쨌든 회복 특성이라는 것은 알았으니 조금 더 대담하게 움직일 수 있을 것만 같다.

이윽고 내 시야에 엘리자베스를 향해 걸어가는 백야차가 들어왔다.

서두르자.

나는 전력을 다 끌어올려 백야차를 향해 검을 휘둘렀다.

낙월검법, 이위화(已爲火)

보이지 않는 사각에서의 기습. 그러나 백야차는 반응하며 팔을 들어 막았다.

"어? 너……!"

저놈도 놀라긴 하나 보다.

백야차는 뒤로 물러나며 피식 웃었다.

"살아 있었나? 아무리 그래도 그렇게 움직일 수 있으리라 고는 생각하지 못했는데 말이야."

"그런 솜 주먹 맞고 죽는 게 이상하지."

난 그렇게 말하고 슬쩍 뒤를 돌아봤다.

말실수했나? 이거 아무래도 우리 편을 깐 거 같은데.

백야차는 피식 웃고는 말했다.

"네 실력으로는 나한테 안 된다는 걸 알 텐데?"

"과연 그럴까?"

나는 턱으로 백야차의 팔을 가리켰다.

분명 그의 팔을 벨 때 아까와는 다른 느낌이 났다.

이윽고 자신의 팔을 확인한 백야차의 표정이 굳어졌다.

그의 팔에서 붉은 피가 콸콸 흐르고 있었으니 말이다.

"아무래도 내 성장이 더 빠른 거 같은데?"

공격만 통한다면 충분히 승산이 있다.

"역사서에서 사라져라. 백야차."

내 한계를 넘어.

역사를 바꿔 볼 생각이었다.

백야차와의 전투가 시작되고 나는 한계치까지 극양신공을 운용했다.

'이제 움츠러들 필요가 없다.'

항상 목숨을 걸고 싸워 왔다고 자부하지만 천우진과의 전투 이후 그러지 못한 것이 사실이었다.

한 번만 더 몸이 부서지면 불구가 될지도 모른다는 염려 때문에.

그저 침대에 누워 모든 역사를 되풀이하게 될까 두려워 의식적으로든, 무의식적으로든 극양신공의 정도를 조절했다.

하지만 이제 그럴 필요가 없다.

죽지만 않으면 적오가 회복을 시켜 준다는 사실을 안 이상 모든 것을 쏟지 않을 이유가 없다.

"우오오오오!"

속에서 끓어오르는 열기를 토해 내며 천광과 함께 춤춘다.

백야차의 팔에 무수한 상처가 나기 시작하더니 이내 바닥으로 뚝뚝 떨어졌다.

그러나 그 순간에도 반격은 들어왔다.

"큭."

백야차의 주먹을 겨우 피한 나는 중심력에 끌려 들어가며 난타전을 벌였다.

한 방, 한 방 공격을 흘릴 때마다 식은땀이 흘렀다.

백야차는 처음 만났던 때보다, 아니 이 대곤산맥에서 처음 만났을 때보다도 더 강해져 있었다.

'한 대만 맞아도 죽는다.'

소모전이다.

이대로 가면 내가 진다.

'도대체 이 녀석은……'

얼마나 강한 걸까?

얼마나 강하길래 내 모든 기운을 양기로 바꾸어 싸우고 있음에도 이길 수 없는 걸까?

내가 패배를 직감한 듯, 백야차는 승리를 직감한 것처럼 말했다.

"넌 날 이길 수 없다."

"……알아. 인마."

솔직히 이길 수 있다는 일말의 가능성은 품고 있었지만 말이다.

하지만 난 나 자신을 제일 잘 알고 있었다.

백야차 같은 걸 내가 혼자 이길 수 있을 리가 없지.

하지만 그렇기에 나는 내 친구들을 수련시켰다.

"내 친구들이 와 주겠지."

"네 친구들이?"

백야차는 피식 웃었다.

"이미 죽었다."

"봤어? 죽은 거?"

"보지 않아도 알 수 있는 게 있다."

"그럼 저건 뭐야?"

그 순간, 양쪽에서 아린이와 상혁이가 튀어나왔다.

"귀신이야?"

혼자서는 아무것도 할 수 없다.

회귀 전 뼈저리게 느낀 것이었다.

그렇기에 나는 나를 과대평가하지 않는다.

나는 아무것도 할 수 없다.

혼자서는 말이다.

"이 날파리 같은……!"

상혁이와 아린이의 공격은 백야차에게 치명상을 줄 수는 없다. 그러나 충격으로 그의 움직임을 막을 수는 있었다.

"후우."

한 번만.

딱 한 번만 제대로 공격이 들어가면 이길 수 있다.

'치명상 한 번. 그거면 족하다.'

난 백야차의 양팔이 벌어진 그 순간 앞으로 달려들었다.

일검류 낙월검법, 천양겁화(天壤劫火).

낙월검법은 전쟁에 맞추어 만들어진 검법으로 한 초식에 전력을 쏟아붓지 않는다.

그러나 일검류는 다르다.

단 한 번의 공격에 모든 것을 쏟는 검법.

필살의 일격을 위해 기의 힘을 어떻게 운용해야 하는지, 보법은 어떻게 사용해야 하는지가 일검류에는 녹아 있다.

그리고 두 가지를 배운 내가 만든 필살의 일격.

그것이 바로 일검류(一劍流) 낙월검법(落月劍法)이었다.

"죽어어어어어!"

이 일격으로 끝을 내야만 한다.

Chapter 49.

백야차는 세 사람의 합공을 받으면서도 물러나지 않았다.

'나는 질 수 없다.'

언제나 절대적인 나찰의 희망이 되고 싶었다.

수백의 무사들이 달려들어도 홀로 이길 수 있는 그러한 존재가 되고 싶었다.

'나는······.'

나찰의 상징이 되기 위해서는 절대 무적이어야 한다.

"죽어어어어어어!"

그 순간 황금빛 불꽃이 백야차를 덮쳐 왔다.

악을 쓰고 달려드는 서하의 모습에서 자신의 과거가 겹쳐 보였다.

'나는…….'

그 순간 주마등처럼 백야차의 과거가 스쳐 지나갔다.

◆ ◇ ◆

오래전.

백야차는 혈족과 함께 작은 숲속에서 살아가고 있었다.

혈족이라고 거창하게 말해 봤자 아버지와 여동생으로 이루어진 백야차의 가족뿐이었지만 말이다.

그래도 숲은 풍요로웠기에 나름 괜찮은 삶을 살고 있었다.

그날도 백야차는 잡은 멧돼지를 어깨에 짊어지고 귀가하는 중이었다.

"왜 장작을 이렇게 많이 쌓아 놨지? 다른 나찰들과 연락하는 것은 아니겠지?"

"그럴 리가요. 이 숲속에는 저와 제 아이들뿐입니다."

인간들의 사찰이었다.

이 세상에 존재하는 나찰은 두 종류로 나눌 수 있었다.

인간들을 적대하며 숨어서 기회를 노리는 나찰과 인간들에게 허가를 받아 살며 적당량의 마수를 조련해 주기적으로 바치는 이들이다.

많은 제약이 있지만 후자가 되면 나름 평온하게 일생을 보낼 수 있었다.

하지만 백야차는 마음에 들지 않았다.

"쉐인. 왔으면 인사드리거라."

쉐인. 지금은 버린 백야차의 옛 이름.

백야차는 순순히 다가와 허리를 숙여 인사했다.

"안녕하십니까? 무사님."

"아들인가? 둘째는 어딨지?"

"둘째는······."

"여기 있습니다. 안녕하십니까?"

백야차의 여동생. 이스미였다.

이마에는 백야차 혈족 특유의 많은 뿔이 돋아나 있었으나 피부는 백옥처럼 곱고 머릿결은 비단과 같았다.

무사들은 웃으며 말했다.

"잘 컸네. 겨우 허가받은 딸이니 잘 키워 보라고."

"네, 감사합니다."

"아, 그리고 내일은 귀중한 손님이 오시니 모두 깔끔하게 입고 기다리도록."

"이 누추한 곳에 누가 오시는 겁니까?"

"그건 네가 알 필요 없다."

말 위에서 백야차의 아버지를 내려다보던 무사들은 비릿한 조소와 함께 뒤로 물러났다.

"어우 씨! 내가 진짜 저 새끼들 언제 한번 조진다."

백야차는 무사들이 멀어지고 나서야 말했으나 아버지는 한숨만 쉴 뿐이었다.

"경거망동하지 말거라. 그나마 이렇게 살 수 있는 것도 저들이 봐주고 있기 때문이니까."

"그나마요? 마수를 만들어 바치고, 마음대로 숲을 나갈 수도 없는데 이게 그나마입니까?"

"적어도 사냥은 당하지 않지 않느냐?"

"모르겠습니다. 이렇게 사는 게 맞는지."

격주마다 사찰까지 받아야 하는 이 삶이 좋을 리가 없었다.

백야차는 짜증스럽게 외쳤다.

"자식은 무조건 하나라는 법 때문에 이스미는 태어나자마자 죽을 뻔하지 않았습니까?"

"하지만 살아 있잖느냐."

"무슨 가축도 아니고. 쯧."

전쟁에 졌기 때문이다.

나찰이 전쟁에 졌기 때문에 이렇게 가축 생활을 하는 것이다.

그렇게 백야차는 밤이 되도록 홀로 수련을 했고 이스미는 그런 오빠를 뒤에서 바라봤다.

"그렇게 수련해서 뭐 하려고?"

"언젠가 숲에서 나갈 거야."

언젠가는 가축 생활을 끝내고 자유롭게 나갈 생각이었다.

안정성은 떨어지겠지만 이런 생활보다는 낫겠지.

"그럼 나도 갈래."

"그럼 너도 수련해라. 짐이 되는 건 두고 갈 거니까."

"너무한 거 아니야? 그럼 좀 알려 줘 봐."

"됐어. 방해돼."

"아! 진짜!"

백야차는 미소를 지으며 동생을 돌아봤다.

안 그래도 떠날 때는 같이 갈 생각이었다.

그렇게 다음 날.

백야차의 가족은 밖으로 나와 손님을 맞이했다.

백 이상의 무사와 함께 찾아온 붉은 예복을 입은 남자는 말에서 내리지도 않고 이스미를 훑어보다가 말했다.

"괜찮네. 잘했어."

홍등가의 방주 중 한 사람.

"데리고 가자."

"네!"

그의 말 한마디에 무사들이 이스미를 향해 뚜벅뚜벅 걸어왔다.

그때 백야차의 아버지가 그들의 앞을 막았다.

"무, 무슨 일로 그러십니까?"

"네가 알 바가 아니다."

"알 바가 아니라뇨? 딸을 데리고 가는데 아비가 모르면 누가 안단 말입니까?"

그의 절규를 들은 홍등가의 방주가 고개를 돌렸다.

"내가 알면 된다."

"네?"

"송아지를 도축할 때 꼭 그 부모가 그 사실을 알 필요는 없지 않으냐? 그래도 걱정하지 마라. 잘 먹이고 잘 재울 것이니. 도축은 안 할 것이다."

저 말을 그대로 믿을 수는 없다.

가축을 제대로 대접해 줄 리가 없으니 말이다.

'정말로 가축이구나.'

자조적으로 스스로를 가축과도 같은 삶이라고 말했었다.

그래도 짐승은 아니기에, 나찰 또한 생각을 하고 말을 하는 존재였기에 가축까지는 아니리라 생각했다.

하지만 이제 확실해졌다.

그저 가축과도 같은 삶을 살고 있었다는 것을.

"그럼 끌고 와라."

"꺄악! 아버지! 오라버니!"

동생이 끌려가는 것을 본 백야차가 외쳤다.

"아버지! 이래도 참아야……."

그 순간이었다.

아버지가 이스미를 끌고 가는 무사의 목을 비튼 뒤 외쳤다.

"동생과 함께 도망쳐라! 쉐인!"

아버지가 뒤를 지켜 주는 사이 백야차는 동생의 손을 잡고 달리기 시작했다.

'괜찮아. 나찰은 인간보다 강하다.'

충분히 도망칠 수 있을 것이다.

그러나 그것은 오만이었다.

"컥!"

어디선가 날아온 올가미가 이스미의 목을 묶었다.

동생의 손을 놓친 백야차는 화들짝 놀라며 고개를 돌렸다.

"이럴 줄 알았다니까. 홍등가 놈들은 너무 욕심이 많아. 아무리 그래도 가족을 끌고 가겠다는데 당연히 덤비지 참겠냐? 안 그래?"

머리를 하나로 묶은 무사는 비릿한 미소로 이스미를 포박했다.

"근데, 그래도 참지 그랬냐? 안 그럼 죽는데. 이렇게."

아버지의 목을 본 백야차는 충격에 빠졌다.

나찰은 인간보다 강하다.

그럼에도 우리가 진 이유는 힘을 모으지 못했기 때문이다.

아버지는 언제나 그렇게 말씀하셨었다.

'강하다면서요…….'

인간보다 강하다면서 어찌 저 인간은 막지 못한 것일까?

충격은 곧 분노로 바뀌었다.

백야차는 악을 쓰며 남자에게로 달렸다.

"죽어어어어어어어!"

"하나는 살리라고 했는데⋯⋯."

남자는 작게 중얼거렸다.

"정말 죽으려는 것이냐?"

그 순간 살기가 백야차를 덮쳐 왔다.

분노는 순식간에 사그라들었고 오직 공포만이 백야차의 뇌를 지배했다.

"아⋯⋯."

그리고 자기도 모르게 달리기 시작했다.

살기 위해.

꼴사납게 등을 보이고 도망친 것이었다.

"길들이기는 쉽겠어."

남자가 만족스럽게 일어나려는 순간이었다.

"내 오라비를 쫓으면 혀를 깨물고 죽을 것입니다."

이스미의 말에 남자는 작은 나찰을 내려 보았다.

"호오. 가능하겠어?"

"못 할 거 같습니까?"

이스미는 자신의 입술을 깨물어 터트렸다.

"다음은 혀입니다."

남자는 이스미의 눈빛을 보고는 피식 웃었다.

"⋯⋯안 되지. 상품이 망가져서는."

그리고는 작게 중얼거렸다.

"어차피 이 숲에서 빠져나가지는 못할 테니. 대신 얌전해야 한다. 안 그럼 네 오라비를 바로 뒤쫓을 테니."

"걱정하지 마십시오. 제 발로 걸어가겠습니다."

이스미는 두 다리로 일어선 뒤 오라버니가 도망친 곳을 바라봤다.

부디 무사하기를. 살아서 한 번이라도 더 볼 수 있기를.

그렇게 기도하면서 두 사람은 각자 다른 길을 걷기 시작했다.

◆ ◈ ◆

기분 나쁜 과거가 떠올랐다.

꼴사납게 도망쳐 홀로 고목 밑에 숨어 울던 그때가.

두려움에 벌벌 떨다 자괴감에 땅을 치며 눈물 흘리던 그때가 말이다.

'나는…… 다시는 질 수 없다.'

아버지는 언제나 한숨을 쉬며 말했었다.

숫자에서 밀렸다. 일대일이었으면 나찰이 질 리가 없다.

나찰은 인간보다 우월하다.

그러나 이런 것은 전부 패배자의 변명일 뿐이다.

모든 것을 짓밟을 수 있는 압도적인 무력이 있다면 그 어떤 변명도 할 필요가 없다.

그렇기에 백야차는 무적이 될 생각이었다.

이 세상에 적수가 없는 나찰의 왕이.

인간들이 그 어떤 수작을 부려 와도 모든 것을 짓밟고 승리할 수 있는 최강의 존재가 되리라.

백야차는 덮쳐 오는 서하를 향해 있는 힘껏 외치며 기운을 폭발시켰다.

"나는 무적(無敵)이다!"

그 순간 서하와 백야차의 기운이 맞물려 폭발했다.

양기와 음기가 뒤섞여 서로 상쇄되었다.

이윽고 모든 기운이 서로 부딪쳐 소멸할 때 즈음 백야차는 자신을 향해 들어오는 이서하와 눈을 마주쳤다.

'이건…….'

일검류는 모든 기와 감각을 오직 일격에 담는다.

심신(心身)을 던지는 공격.

거기에 낙월검법의 기묘한 변화까지 들어가 있으니 그 복잡함은 말로 다 할 수가 없다.

그것이 이서하가 대(對)나찰용 최종 오의로 남겨 놓은 기술.

'반응이 늦었다.'

막을 수 없다.

백야차는 양손을 교차했으나 생사 여부는 장담할 수 없었다.

'나는 죽지 않는다.'

백야차는 온몸의 음기를 양팔로 옮겼다.

이제 둘 중 하나였다. 죽거나, 살거나.

그렇게 둘 중 하나라고 생각하는 순간이었다.

"우오오오오!"

누군가가 서하와 백야차의 가운데에 끼어들었다.

파르펜.

거대한 덩치로 서하의 공격을 막아 낸, 아니 대신 받은 그는 백야차를 들고 달리기 시작했다.

"이게 무슨……."

순간 안도심이 먼저 들었다.

그리고 백야차는 그런 자신이 참담해 악을 질렀다.

"파르펜! 이게 뭐 하는 짓이냐!"

"……살아야 합니다. 대장."

온 힘을 다해 달리던 파르펜은 금세 느려지기 시작했다.

그리고는 백야차를 내려놓고 말했다.

"우린 얼마 없지 않습니까?"

나찰은 숫자가 적다. 한 명, 한 명이 너무나도 소중하다.

특히 오랜 시간 동고동락한 가족과도 같은 사이라면 더욱더.

"당신이 우리의 희망입니다. 제발 살아 주십시오."

이윽고 파르펜의 몸이 백야차의 앞으로 쓰러졌다.

그의 등에는 거대한 상처가 나 있었다.

어깨부터 등까지.

반으로 갈라지지 않은 것이 신기할 정도로 깊은 상처가.

"……."

이윽고 아카가 침을 삼키며 백야차를 향해 다가왔다.

"설마 진 겁니까?"

"……아니. 안 졌다."

백야차는 파르펜을 가만히 내려다보다가 일어나며 말했다.

"죽지 않았으면 진 게 아니야."

아직 멀었다. 더 강해져야겠다.

이 땅의 모든 인간을 죽일 수 있을 때까지 더 강해져야만
한다.

"가자."

백야차는 묵묵히 멀어져 갔다.

◆ ◈ ◆

이 한 방으로 죽였어야만 했다. 그리고 죽일 수 있었다.

'내가 백야차를 벨 수 있었다.'

그러나 실패했다.

나에게 목숨을 걸고 도와주는 친구들이 있듯이 그에게도
자신을 위해 대신 죽어 줄 부하가 있었다.

추격? 그런 건 상상도 할 수 없다.

추격은커녕 다시 돌아오지 않아 달라고 빌어야 할 판국이
었다.

적어도 엘리자베스는 지켰으니 그걸로 만족하자.

생명의 은인을 푸대접할 사람으로는 안 보이니 적어도 훗

날 갈리아 제국에 놀러 가면 극진히 대접해 주겠지.

……근데 그때까지 나 살아 있으려나?

적오야. 힘 좀 내라. 회복 한 번만 더 시켜 줘!

"……안 시켜 주네."

아무래도 하루 한 번이 한계인가 보다.

아니, 하루 한 번인지도 정확하지 않다.

'무과가 몇 달 전이었으니까.'

능력을 시험해 볼 수도 없고 참.

그렇게 멍하니 생각 중이던 나에게 가장 먼저 달려온 것은
아린이였다.

"서하야! 괜찮아?"

"아니, 안 괜찮아."

"정말? 어디 다친 거야? 도대체 어디? 바로 후퇴해서 살아
남은 의원이 있다면……."

"아니야. 안 괜찮긴 한데……."

저기 곧 황천길 건널 놈들이 널브러져 있었으니 말이다.

그중에는 우리 지율이도 있고, 빅터도 있고, 이진수 선인도
있고. 아주 깽판도 이런 깽판이 없다.

아무래도 살아남은 의원이라고는 나뿐인 거 같으니 내 상
태가 어떻든 부상자를 살펴야만 했다.

그렇게 부상자에게로 향할 때였다.

"으아아아아아아!"

베네딕트가 실성한 것처럼 소리를 지르며 검을 빼 들었다.

'그러고 보니 아직 저 인간이 남아 있었지.'

은월단에게 자기 상단을 몰살시켜 달라고 부탁한 미친놈이 말이다.

나찰들이 등장한 것을 봤을 때는 속으로 환호성을 질렀겠지만 이제 끝이다.

난 상혁이에게 말했다.

"부탁한다. 그냥 민간인이니까 단칼에 보내 줘."

"꼭 단칼에 보내야겠냐? 배신자인데."

"……그럼 네가 알아서 적당히 보내."

그렇게 상혁이 앞으로 걸어 나갈 때였다.

"괜찮아. 내가 알아서 합니다."

엘리자베스가 한 무사의 검을 빼 들더니 베네딕트를 향해 걸어갔다.

나는 그녀에게서 눈을 떼지 않고 말했다.

"상혁아, 혹시라도 베네딕트가……."

"알아."

일단은 하고 싶은 대로 놔두자.

베네딕트가 엘리자베스를 해할 거 같으면 상혁이가 바로 달려들 테니 문제는 없다.

베네딕트는 다가오는 엘리자베스를 향해 외쳤다.

"원래 내 것이었다! 이 상단의 썩어 버린 사과 한 조각마저도 원래는 내 것이었어야 한단 말이다!"

"난 말입니다."

엘리자베스는 무표정하게 자세를 잡았다.

기사단이 배우는 기초 검법.

자세가 꽤 그럴듯했다.

"……자기 사람들 죽이는 개새끼랑은 대화 안 합니다."

엘리자베스는 기합을 넣으며 베네딕트를 향해 검을 내려
쳤다.

정말 깔끔한 일격이었다. 나름 검술을 배운 것이 확실했다.

그에 비해 베네딕트는 검술의 검 자도 모르는 사람이었다.

'돈만 있으면 다 된다고 생각하는 사람이었으니까.'

그런 그가 엘리자베스의 검을 받아 낼 수 있을 리가 없었다.

"으아아악!"

어설픈 자세로 방어한 베네딕트는 검을 놓치고 쓰러졌다.

"자, 잠깐! 잠깐 기다리라고……!"

엘리자베스는 말없이 베네딕트의 목에 검을 꽂았다.

신음이 흘러나왔으나 엘리자베스는 계속해서 검을 꽂았다.

푹! 푹! 푹!

고급 드레스에 피가 튀고 이미 죽은 베네딕트의 몸이 일정
한 간격으로 흔들렸다.

이윽고 엘리자베스는 검을 던져 버리며 말했다.

"아버지가 자기 몸은 자기가 지키라며 검술을 배우라고 한

적이 있습니다."

그리고는 씁쓸하게 웃으며 말했다.

"근데 무사님을 보니 앞으로는 안 배워도 되겠네요. 배워 봤자 쓸데도 없을 거 같은데."

"돈이나 많이 버세요. 언젠가 놀러 갈 테니까."

"살아 돌아가면요."

그때였다.

"아아아……."

주지율이 빨리 치료해 달라는 듯 신음했다.

아차, 나 환자 보려고 했었지.

미안하다. 재밌는 구경 좀 하느라고.

나는 재빨리 주머니에서 침을 꺼내고 맥을 짚었다.

"후우."

다행히 지율이도 명줄은 길었다.

◆ ◈ ◆

"둘 다 다른 나찰을 상대했다고?"

"응, 상혁이는 졌지만 난 이겼어."

"굳이 내가 졌다는 것도 알려 줘야겠냐?"

"아니, 아니. 둘 다 그럼 어떻게 살아 있어? 상혁이는 죽었 어야 하는 거 아니야?"

"네 덕에 살아 있는 거야."

아린이는 빙긋 웃어 주고는 부상자를 들어 천막으로 옮겼다.

내가 뭘 한 게 있다고 내 덕이라는 걸까? 뭐지?

좋은 일은 깊게 생각할 필요가 없다.

아린이가 사라지자 상혁이는 입술을 삐죽 내밀며 말했다.

"굳이 꼭 집어 졌다고 말해야 하나? 진짜 배려가 없어. 배려가."

"왜? 착한데."

"너한테만. 인마. 너한테만. 나한테는 아니야."

"하긴, 진짜 착한 건 민주지. 네 치료도 민주가 해 줬잖아."

"그건 그렇지."

잘 좀 해 봐라. 옆에 저렇게 따뜻한 여자가 있는데 말이다.

난 그렇게 생각하며 바쁘게 부상자들을 돕는 민주를 바라봤다.

전투가 끝나고 안 사실이지만 기사단이 소수라도 살아남을 수 있었던 건 모두 박민주 덕분이었다고 한다.

거대한 나찰은 유일하게 치명타를 날릴 수 있던 박민주의 뒤를 쫓았고 그러던 중 백야차의 기를 느끼고 달렸다고 한다.

"미안, 내가 뒤를 못 따라가서……."

그렇게 미안해했으나 그녀의 공은 크다.

아린이와 상혁이보다 그 나찰이 먼저 도착했다면 아마 이 대곤산맥이 우리의 묏자리가 되었을 테니 말이다.

그때 저 멀리서 빅터가 걸어왔다.

"고맙다. 겨우 살았다."

엘리자베스의 부축을 받으며 온 녀석은 꾸벅 인사를 하고는 바로 주저앉았다.

"쉬고 있으라니까 그걸 못 참고 나왔네. 의사 말 안 들으면 골로 가는 것도 몰라?"

"인사는 빨리해야 할 거 같아서 누워 있을 수가 없었다. 나찰을 이겨 줘서 고맙다."

저런 감사 인사는 기분이 나쁘지 않다.

이참에 갈리아로 이민을 가 버릴까?

우리 광명대 애들만 데리고 가면 부귀영화를 누리며 살 수도 있을 텐데 말이다.

해리슨 상회의 돈도 펑펑 쓰면서…….

'잡생각이지.'

애초에 내 부귀영화만 생각했다면 지금 이러고 있겠냐?

어차피 다 사라질 것을.

남는 것은 내가 만들어 놓은 세상뿐이다.

그러니 하나라도 내 사람들을 위해 더 좋은 세상을 만들어야 한다.

그나저나…….

"이 많은 부상자를 수도까지 어떻게 옮기냐?"

수레는 전부 부서졌고 말들은 도망갔다.

아주 난리가 난 통에 아린이와 나찰의 음기에 반응한 마수들까지 미쳐 날뛰면서 남아 있는 물건이 없었다.

"누가 지나가길 기다려야겠네."

대곤산맥의 길은 다른 상단들도 이용하기에 사람들이 오기를 기다리면 될 일이었다.

문제는 식량도 다 털렸다는 거지.

밤이 되면 추워질 거고 다 찢어진 천막으로는 바람조차 막을 수 없을 것이다.

"망했네."

나도 지금 당장 쓰러질 것만 같은데 말이다.

그때 저 멀리서 말발굽 소리가 들려왔다.

하나같이 천마(天馬)를 타고 등장한 무사들 사이로 익숙한 얼굴이 보였다.

"도련님! 도련님 계십니까?"

황 노인이었다.

"여긴 무슨 일이십니까? 황 할아버지."

"……도련님, 이게 무슨 일입니까?"

황 노인은 초토화된 상단을 보고는 한숨을 내쉬며 말했다.

"역시 예상대로 도련님은……."

"네?"

"아무것도 아닙니다. 그 이야기는 나중에 하시죠."

뭐야? 싱겁게.

하지만 반가울 수밖에 없다.

나는 급히 황 노인에게 말했다.

"안 그래도 잘 오셨습니다. 보다시피 부상자도 많고 인력은 없는 상태입니다. 부상자들을 옮기는 걸 도와주시겠습니까?"

"그럴 때가 아닙니다."

그럴 때가 아니라고?

여기 부상자들보다 더 급한 일이 있을 리가…….

"아버님께서 쓰러지셨습니다."

"……쓰러지셨다고요?"

아빠가 왜?

"과로입니까?"

"그게…….'

황 노인은 깊게 한숨을 내쉬며 말했다.

"의원이 말하길, 폐석증이라고 합니다."

"……네?"

폐석증.

아버지가 훗날 걸리는 병이다.

분명 아직 시간이 남아 있을 텐데 왜 벌써 쓰러질 정도로 악화된 것일까?

뭐가 잘못되었지?

아버지의 건강이 악화될 만한 일이 있었나?

내가 도대체 뭘…….

'스트레스……'

과거 갈리아의 의원들이 만든 개념이었다.

과로하거나, 신경 쓸 일이 많으면 병에 잘 걸리는 몸이 된다는 것이다.

고위직의 사람들이 좋은 곳에서 좋은 음식, 좋은 약을 처방받음에도 불구하고 자연사 시기가 평민들과 다를 것이 없다는 점에서 나온 이론이었다.

그리고 이는 정설로 받아들여졌다.

그런데 아버지가 스트레스받을 일이 없을…….

순간 등줄기가 오싹해졌다.

"나구나……."

내가 너무 나댔구나.

자기 자식이 전장에서 뒹굴고 있는데 편히 발 뻗고 잘 부모는 누구도 없다.

그것도 항상 모든 이들이 전멸해 오는 그러한 전장이라면 더욱더 그럴 것이다.

나다.

내가 아버지의 속을 전부 태워 이제 재만 남은 것이다.

내 삶은 나만의 것이 아니기에 조금 더 조심했어야 했다.

하지만 그래도 괜찮다. 대비했다.

악운은 언제나 좋았잖아.

"하하하, 걱정하지 마세요. 제가 약선님 밑에서 수련해서 아는데 그거 고칠 수 있어요. 이것만 있으면…….”

청매소가 있다.

괜찮다.

이미 하나 확보해 놓았으니까.

그 순간 내 안주머니에서 뭔가가 바스락거렸다.

깨진 유리에서 새어 나온 푸른 가루가 바람에 날려 갔다.

깨졌다.

나의 희망이 전부 부서져 날아가고 있었다.

눈치를 챘어야 했다.

부상자들을 챙기느라.

다른 사람들을 챙기느라 가장 중요했던 내 아버지의 약이 날아가는 줄을 몰랐다.

어찌 보면 당연했는데 말이다.

그렇게 미친 듯이 싸워 놓고 이 작은 병이 무사해 달라고 할 수는 없지 않겠는가?

“이게 그러니까……. 이게, 이게 있어야 하는데.”

이제 어떡하지?

아무 생각이 들지 않았다. 그동안 나름 산전수전 다 겪었다고 생각했는데 그 어떤 지혜도 짜낼 수 없었다.

그냥 앉아서 아버지가 피를 토하며 죽는 걸 봐야 하는 건가? 그럴 수는 없는데.

절대로 그럴 수는…….

그때 엘리자베스가 다가와 말했다.

"왜 그러고 계세요?"

그리고는 나의 손에 작은 병을 하나 올려 주었다.

"호위값 받으셔야죠. 이걸로는 부족할 거 같지만 다른 건 다 없어져서 드리질 못하겠네요."

청매소.

턱 끝까지 올라왔던 심장이 다시 제자리로 돌아가는 기분이었다.

나는 조심스럽게 병을 쥐며 아랫입술을 깨물었다.

꼴사납게 울 수는 없다.

"이거면 충분합니다."

충분하고도 넘쳤다.

◆ ◈ ◆

청신산가는 조용했다.

부상자들은 황 노인이 맡아 준다고 했다.

초절정 고수인 황 노인이 있다면 다른 사람들은 안심이었다.

난 청신산가에 도착하자마자 문시기에게 말했다.

"아버지는 어디 계십니까?"

"이쪽입니다."

아버지의 병실에 도착하는 순간 안에서 나오던 할아버지

와 마주쳤다.

굳은 얼굴로 병실에서 나오던 할아버지는 나를 발견하고는 고개를 끄덕였다.

"그래, 이제 도착했느냐?"

"네. 들어가 봐도 괜찮습니까?"

"자고 있으니 얼굴만 살짝 보고 오거라. 운이도 와 있다."

허운.

약선님도 와 계신 것이다.

그리 멀리 떨어진 곳은 아니었으나 수도에서 밖으로 나갈 수 없는 약선님의 상황을 생각해 보면 꽤 힘든 발걸음을 해 준 것이었다.

병실 안으로 들어가자 수척해진 아버지의 얼굴이 보였다.

"흐음."

맥을 짚어 보던 약선님은 나를 힐끗 보고는 말했다.

"자고 있으니 나가서 얘기하자."

밖으로 나오자 할아버지가 심각한 얼굴로 물었다.

"상태는 어떠냐?"

아무래도 약선님도 이제 막 도착한 것만 같다.

약선님은 한숨과 함께 말했다.

"이미 많이 진행되었습니다. 그 전에 기침을 하는 등 전조 증상이 보였을 텐데 왜 저한테 말하지 않았습니까?"

"저 새끼가 말을 안 하는데 내가 어떻게 알아!"

할아버지는 격양된 목소리로 말한 뒤 거칠게 숨을 내쉬었다.

철혈이 저렇게 흥분하는 건 또 처음 본다.

나도 여기서 처음 이 소식을 접했다면 같은 반응을 보였겠지만 말이다.

"그래서 치료 방법은 있냐?"

"……없습니다."

약선님은 이마를 쓸어 올렸다.

"조기에 발견했다면 병세를 늦출 수는 있었겠지만, 그래 봤자 2, 3년 목숨 연장이었겠죠. 폐석증에 걸린 이상 죽음을 피할 방법은 없습니다."

우리 왕국의 의술로는 그렇다.

아버지도 어머니의 폐석증을 치료하기 위해 전념했지만 결국 수명 연장밖에는 할 수 있는 게 없었다.

약선님은 허탈한 목소리로 말을 이어 갔다.

"상원이는 이 나라에서 폐석증에 대해 가장 잘 아는 사람 중 하나입니다. 아마 치료가 의미 없다고 생각해 가족들에게 숨기고 혼자 버텨 왔겠죠."

"……미련한 놈."

나는 한숨 쉬는 할아버지를 바라보다 약선님에게 말했다.

"폐석증은 치료할 수 있습니다."

"……."

순간 두 노인이 나를 쳐다보았다.

"그게 정말이냐?"

"제가 아픈 아버지를 앞에 두고 농담할 사람은 아니지 않습니까? 치료법을 알고 있습니다. 이번 서역의 상단에서 의서(醫書)를 하나 가지고 왔더군요. 그곳에 소상히 적혀 있었습니다. 운이 좋았네요."

난 일단 내 행동의 개연성을 만들어 둔 뒤 청매소를 꺼냈다.

그 난리 통에도 엘리자베스가 나에게 주기 위해 소중히 보호한 것.

온 종일, 잘 때를 제외하고는 손으로 쥐고 있었던 병이었다.

"청매소입니다. 이것을 굳혀 작은 환약으로 만든 뒤 매일 아침저녁으로 2주 정도 복용하면 폐석증을 치료할 수 있습니다."

"겨우 그걸로 치료할 수 있단 말이냐?"

"네, 하지만 청매소만으로는 부족합니다."

청매소는 폐석증을 치료하는 치료제였다.

하지만 그 원리는 단순 무식했다.

몸에 있는 모든 균(菌)을 죽이는 것.

서역에서는 균(菌)이라는 작은 벌레 같은 것이 인간의 몸에 살고 있고 몇몇 병은 나쁜 균으로 인해 생긴다고 믿었다.

문제는 청매소가 폐석증을 일으킨 균을 다 죽여 버릴 때 즈음 몸에 있는 좋은 균들도 다 죽는다는 것이었다.

그 때문에 감기만 걸려도 회복하지 못하고 죽을 정도로 몸이 약해진다.

물론 병에 걸리지 않은 채 시간을 두고 회복하면 되겠지만 이는 순전히 운에 달린 일이었다.

　난 내 아버지의 목숨을 운에 걸고 싶지 않다.

　"2주 정도 청매소를 복용한 뒤에는 빠르게 기력을 회복해야 합니다. 이미 망가진 폐도 회복해야 하고요. 그렇지 않으면 다른 병에 걸려 돌아가실 겁니다."

　"기력 회복을 위한 약을 먹어야 한다는 거냐? 그런 약이라면 아주 많다."

　"아뇨, 단순한 약으로는 안 됩니다."

　모든 약에는 미량의 독성이 있다.

　건강한 사람들이야 이를 무시하고 복용할 수 있겠지만 청매소를 복용해 약해진 인간은 약의 독성만으로도 병에 걸릴 수 있다.

　"아주 순수한 약이면서 몸에 부담이 없어야 합니다."

　"그런 약이라면……."

　"네, 영물입니다."

　영물(靈物).

　마물과는 달리 순수한 기운을 받아 각성한 생물들을 말한다.

　이들은 영약의 재료가 되기도 하며 몇몇 영물은 마물과 같이 그 지역을 지배하는 초월체가 되기도 한다.

　"초월체(超越體)까지는 필요 없습니다. 그저 작은 영물이기만 해도 충분합니다."

"그럼 바로 잡아야겠구나."

영물로 만든 약은 오래되면 효능이 날아가기 마련이다.

필요할 때마다 새로 잡아야 하기에 약선님 정도 되는 의원은 영물이 사는 곳을 알고 있을 것이 분명했다.

'난 왕국 내의 영물에 대해서는 모르니까.'

내가 영물에 관심을 가지게 된 것은 왕국이 나찰에 의해 점령당하고 제국으로 떠났을 때였다.

이 때문에 왕국 내의 영물이 사는 곳은 단 한 곳도 알고 있지 않다.

그렇다고 제국까지 가서 영물을 잡아 오기에는 시간이 없다.

가는 데만 한 달은 걸릴 테니까.

"이 근처에 영물이 있는 곳을 아십니까?"

"알지. 알지만……."

약선님은 잠시 고민하다 말했다.

"그래, 갈 수 있겠어. 나 혼자서는 안 되니 너도 같이 가야겠다."

혼자서는 안 된다니 그게 무슨 소리일까?

하지만 어차피 같이 갈 생각이었다.

나는 고개를 끄덕인 뒤 말했다.

"네, 복용하기 쉽도록 청매소를 가공한 뒤 출발하면 될 거 같습니다."

"나도 동행하지."

할아버지가 나섰지만 약선님은 고개를 절레절레 흔들었다.

"형님은 여기 계시죠."

"왜? 내 아들을 위해 영물을 잡으러 가는 거 아닌가? 그럼 내가 안 갈 이유가 없지."

"이번 영물은 마물처럼 힘으로 잡는 것이 아닙니다. 특히 나 이번에 잡으러 가는 영물은 조심하지 않으면 기운이 날아가 그냥 물고기가 되어 버리고 맙니다. 형님처럼 우악스러운 분이 갈 곳이 아니죠."

"……우악스러워?"

"제가 틀린 말 했습니까? 대신 책임지고 아드님 병간호를 해 주시길 바랍니다. 그것도 못 할 정도는 아니시죠?"

우리 약선님 생각보다 담이 크다.

할아버지한테 미련하다고 하다니 말이다.

"끄응. 알았다. 인마."

반론을 못 하는 걸 봐서는 할아버지도 어느 정도 인정하는 모양이다.

청매소를 가공하는 건 쉬운 작업이었다.

정량으로 환약을 제조하자 3주 치 양이 나왔다.

1주 치나 더 여유가 있으니 청매소 쪽은 이제 걱정할 필요가 없을 것만 같았다.

"식사 후 한 알입니다. 씹어 먹는 것이 아니라 물과 함께 삼키는 것입니다. 부탁합니다. 할아버지."

"걱정하지 말거라."

할아버지는 직접 약을 챙겼다.

이런 부분에서는 고지식할 정도로 철저한 분이니 아버지가 안 먹겠다고 해도 강제로 쑤셔 넣어 주실 것이다.

그렇게 나는 약선님과 함께 남악으로 향했다.

"남악의 깊은 곳에 숨겨진 연못이 있다. 그곳에서 누어(縷魚)를 잡을 것이다."

누어란 실처럼 가는 물고기를 말한다. 다른 연못에도 있는 흔한 물고기다.

"누어라면 잡기 쉽겠네요."

"쉽다고?"

"네, 그물로 건지면 되는 거 아닙니까?"

"그럼 기운이 날아간다. 누어는 물에서 빠져나오는 순간 기운을 방출하거든."

"그럼 기절시켜서 잡으면 되는 겁니까?"

충격파를 일으켜 물고기들을 기절시키면 기운을 방출할 수 없지 않을까.

그러나 약선님은 고개를 절레절레 흔들었다.

"너무 작아서 작은 충격파에도 죽는다. 죽으면 기운이 날아가지."

"그럼 어떻게 해야 합니까?"

"살아 있는 채로 밖으로 꺼내 바로 그 자리에서 환약으로 만

들어 영기(靈氣)가 있는 나뭇잎으로 감싸야 한다. 그러면 최소
한 달은 영기를 보존할 수 있지. 이제 그 방법을 알려 주마."

"······열심히 배우겠습니다."

배울 때는 아닌 거 같은데 말이다.

내가 걱정스러운 얼굴을 하자 약선님이 말했다.

"그래, 열심히 배워야 할 거다."

그리고는 나를 바라보며 말했다.

"너밖에 못 하는 일이거든."

그 말의 뜻을 정확히 이해하기까지는 그리 오랜 시간이 걸
리지 않았다.

◆ ◈ ◆

남악의 깊은 동굴.

남악의 지리에 밝은 나조차 들어와 보지 못한 험한 곳이었다.

'이런 곳이 있었구나.'

남악에서는 피난민들과 함께 생활했었기 때문에 이렇게
깊게까지는 올 기회가 없었다.

여기까지 오는 데도 절벽을 한 4개는 넘어온 거 같으니 말
이다. 애초에 동굴도 절벽 한가운데에 있기도 하고.

"영물을 찾으라는 명령을 받고 한참 남악을 뒤집어엎을 때
가 있었다. 그때 찾아낸 곳이지. 처음 이곳을 발견했을 때는

다들 좋아 미쳐 날뛰었지."

이윽고 영롱한 호수가 나타났다.

바닥이 보일 정도로 밝은 호수.

영기가 밤하늘처럼 반짝여 횃불이 필요 없을 정도로 밝았으며 호수 안에는 누어(纓魚)가 빠르게 헤엄치고 있었다.

하지만 약선님은 답답한 듯 한숨을 내쉬었다.

"……하지만 아무도 들어갈 수 없었다."

"아무도 들어갈 수 없었다니, 그게 무슨 소리입니까?"

"깨끗해도 너무 깨끗해. 봐라."

약선님이 누어가 있는 곳에 살짝 손을 담그자 수십 마리의 누어가 물 위로 둥둥 떠올랐다.

바로 죽어 버린 것이다.

"인간의 기운조차 받아들이지 못하고 죽는 것이다. 아무도 들어갈 수가 없었지. 기껏 찾은 호수를 오염시킬 수는 없었으니까."

그물로도 떠올릴 수 없고, 기절시킬 수도 없으며, 거기다가 인간이 들어갈 수도 없다.

한마디로 그림의 떡이었다.

"그럼 그냥 못 잡는 거 아닙니까? 그런데 왜 저를……."

"너는 들어갈 수 있으니까. 공청석유를 복용해 순수한 기를 가진 너라면 들어갈 수 있을 것이다."

공청석유.

약선님이 열심히 해야 할 것이라고 말한 이유가 그것이었다.

"혹시 모르니 손을 담가 보아라."

내가 호수에 손을 넣었음에도 누어는 평온하게 헤엄쳤다.

"들어갈 수 있을 거 같습니다."

"그래, 그럼 지금부터 누어를 잡는 법을 알려 주마. 죽은 누어 한 마리를 꺼내 오거라."

약선님의 더러운(?) 손에 죽은 누어를 가져가자 악선님은 얇은 침을 들어 해부를 시작했다.

"여기 누어의 얼굴과 몸통이 연결되는 부위에 신경이 있다. 보이느냐?"

아뇨, 안 보이는데요.

아무리 눈을 크게 뜨고 봐도 과장 조금 보태 머리카락처럼 얇은 누어의 신경을 볼 수는 없었다.

역시 약선님.

저게 보일 정도로 엄청난 고수라는 것인가?

"나도 안 보인다."

"……."

"하지만 느낄 수는 있지. 기가 흐르는 부분이니까. 지금은 죽어 느껴지지는 않지만 말이다. 이 부분을 침으로 찔러 기절시켜야 한다. 그것이 누어를 죽이지 않고 물 밖으로 꺼낼 수 있는 유일한 방법이다. 자, 그럼 옷 벗고 들어가라."

"……침이 누어랑 두께가 비슷한데요?"

"더 크지 않은 게 어디냐?"

"만약 여기서 못 잡으면……."

"다른 영물은 적어도 왕복 한 달은 걸린다. 시간이 모자라겠지. 나는 그럼 영기(靈氣)를 가진 나뭇잎을 따 오도록 하마."

이거 생각보다 미친 듯이 어렵다.

하지만 해내야만 한다.

약선님의 말대로라면 나밖에 못 하는 일이었으니 말이다.

'확실히 할아버지는 와 봤자 도움이 안 되었겠네.'

바로 시작해야겠다.

나는 옷을 벗고 조심스럽게 물속으로 들어갔다.

바닥까지 훤히 보여 얕을 줄 알았는데 끝을 알 수 없을 정도로 깊었다.

순수한 기운에 뭔가 압도되는 기분이다.

나는 육감을 사용해 누어들의 움직임을 관찰했다.

'일단 해 보자.'

신중하게 침을 내지른다.

그러나 누어들은 내 움직임을 느끼고 흩어졌다.

쉽지 않다. 애초에 침이 맞더라도 정확하게 머리와 몸통 사이의 신경을 찌르는 건 말이 되지 않을 정도였다.

어떻게 해야 할까?

어떻게 해야만 누어를 잡을 수 있을까?

'온 신경을 집중해 보자.'

한 번에 한 마리씩.

시간이 좀 걸리더라도 일단 첫 한 마리를 잡는 것에 모든 힘을 쏟는다.

그러기에 딱 맞는 무공이 있다.

일검류(一劍流), 일섬(一閃).

일검류의 찌르기 초식.

땅을 밟지 않은 상태였기에 약간의 변형은 주어야 했으나 원리는 같다.

온몸의 감각과 기운을 단 일격에 담는다.

그 순간 누어의 움직임이 느리게 보였고 각성한 눈에 누어의 영기가 보였다.

'여기다!'

침이 누어의 신경을 정확하게 찔렀고 나는 바로 그것을 잡아 물 위로 올라갔다.

"잡았다아아아아아아!"

"벌써?"

"바로 잡았죠. 어디에다 두면 됩니까?"

"여기, 여기 막자사발에 넣어라. 앞으로 100마리 정도는 더 잡아야 한다."

"물론이죠."

이 작은 거 한 마리를 누구 코에 붙이겠는가?

하지만 자신감이 붙었다.

이제 일검류 일섬으로 전부 다 잡기만 하면…….

◆ ◈ ◆

쿵!

약선 허운은 쓰러지는 서하를 보며 혀를 찼다.

"쯧쯧쯧, 내가 저럴 줄 알았다."

청신산가에 도착했을 때부터 몸 상태가 말이 아니더니 역시나 쓰러졌다.

게다가 누어를 잡았다는 건 일검류를 썼다는 것이고 그랬으면 단 한 번으로도 온 기력을 소진했을 것이다.

"아이고, 홀딱 벗고 자면 감기 걸린다 이놈아."

약선은 누어를 빻아 가루로 만들어 호수의 물에 푼 뒤 서하의 입에 넣어 주었다.

"제 아비 살리겠다는 걸 말릴 수도 없고."

그래도 한 마리를 잡아 온 게 어디냐?

지금 먹이지 않으면 한 마리도 아깝다고 난리를 칠 테니 강제로라도 먹여 놓자.

"잘하고 있겠지?"

약선은 청신산가에 남은 또 다른 부자(父子)를 생각하며 웃었다.

"싸우지나 않고 있었으면 좋겠는데."

이쪽 부자(父子)의 반만 닮아도 좋을 텐데 말이다.

"내가 할 말은 아니지."

약선은 그렇게 고개를 흔들며 영기가 담긴 나뭇잎을 찾으러 향했다.

◆ ◈ ◆

아무도 없는 방에서 상원은 눈을 떴다.

천천히 호흡하며 아직 살아 있음을 확인한 그는 몸을 일으켰다.

누워 있다고 되는 일은 없다.

처음 폐석증 증상이 생겼을 때는 당연히 고뿔이라 여겼다.

하지만 기침은 점점 심해졌고 결국에는 숨을 쉬는 것조차 어려워지고 나서야 폐석증임을 직감했다.

"하늘이 벌을 준 건가?"

맑은 하늘을 보며 아내의 생각이 떠올랐다.

아내는 의원이었다.

장원 급제를 한 뒤 임무에 나간 상원은 군의관으로 나와 있던 서히의 엄마, 최민설에게 첫눈에 반했다.

그렇게 매일 의원을 들락날락하며 사랑을 쌓아 갔고 결국 결혼까지 성공했다.

그때까지만 해도 가족들의 관계는 그리 나쁘지 않았다.

상원에게 거는 기대가 컸던 이강진은 변변찮은 가문도 아닌 최민설과의 결혼을 탐탁지 않게 보았으나 그저 묵묵히 두 사람의 관계를 지켜볼 뿐이었다.

그러나 문제는 서하를 낳은 뒤였다.

몸이 약해진 최민설은 기침을 시작했고 얼마 안 가 폐석중 진단을 받게 된다.

"살릴 방법은……."

"없습니다. 그저 편하게 보내 드리지요."

의원은 그런 개소리를 지껄일 뿐이었다.

이강진의 인맥으로 약선님에게도 가 보았지만 같은 말을 반복할 뿐이었다.

"무능한 것들……!"

상원은 인정할 수 없었다.

이 왕국의 모든 의원이 포기한다고 하더라도 절대로 민설을 포기할 수 없었다.

그렇게 상원은 폐석중과 약학을 공부하기 시작했다.

폐라는 장기에 대한 이해도와 폐석중이라는 병에 대해 완벽히 이해한 그는 이를 치료할 수 있을 만한 약을 찾아다니기 시작했다.

세상의 모든 약을 사용해서라도 아내를 고칠 생각이었다.

멀쩡히 나가던 임무도 다 때려치우고, 검을 버린 채 약에 미쳐 살았다.

그렇게 상원의 노력으로 아내는 5년 정도를 더 살았다.

보통 폐석증 환자가 발병 후 2년 안에 죽는다는 것을 생각한다면 2배 이상을 산 것이었다.

하지만 그건 살아도 산 것이 아니었다.

"너를 괴롭게 한 죄구나."

매일 밤을 고통 속에 울부짖어야 했고, 평생을 침대에 누워 생활해야 했다.

아주 조금이었지만, 직접 겪어 보니 얼마나 힘들었을지 알 것만 같다.

"내 욕심으로 너를 잡고 있었구나."

과연 그것이 옳은 일이었을까?

그런 생각이 들었다.

그때였다.

"일어났구나. 몸은 좀 어떠냐?"

이강진이 들어왔다.

"그냥 그렇습니다. 어쩐 일이십니까?"

"서하가 왔다 갔다."

"정말입니까?"

상원은 환히게 웃었다.

"무사히 돌아왔습니까? 그 자식, 별일은 없었고요?"

"……그냥 평범했다고 하더구나. 중간에 현이 말을 듣고 달려왔다는 모양이야."

이강진은 한숨과 함께 상원의 옆에 앉았다.

이번 일에 대해서는 아버지에게 말하지 말아 달라는 서하의 부탁이 있었다.

신경을 쓰면 병이 악화될 수 있다나 뭐라나.

약선도 그 부분에 동의했기에 이강진은 상원에게 아무 말을 하지 않았다.

"그보다 좋은 소식이 있다. 서하의 말로는 이 약만 먹으면 폐석증을 치료할 수 있다고 하더구나."

"약이요?"

"청매소라는 것이다. 아느냐?"

"……처음 들어 봅니다."

왕국의 약서(藥書)만 찾아본 상원은 알 길이 없었다.

"이걸 아침저녁으로 한 알씩 먹으면 병이 낫는다고 하더구나."

상원은 쓸쓸하게 웃었다.

"그럴 리가 없습니다."

만년설삼도 아니고 그런 편리한 약이 있을 리가 없었다.

혹시나 청매소라는 것이 만년설삼에 버금가는 영약이라도 뛰어난 무사나 그 기운을 다스릴 수 있을 것이었다.

약을 먹으면 더 오래 살지언정 몸은 더 약해진다.

그럴 바에는 차라리 스스로 몸을 움직일 수 있을 때 신변 정리라도 하고 깔끔한 최후를 맞이하는 편이 더 나으리라.

"그냥 몸이 움직일 때 천천히 마지막을 준비하겠습니다.

독한 약을 먹다가는 꼴이 말이 아니게 됩니다. 그렇게 가고 싶지는 않습니다."

"그래도 먹어라. 서하가 나에게 부탁했다. 꼭 먹이라고 말이야."

"어차피 나을 수 없는 불치병입니다. 폐석증은 제가 이 나라에서 가장 잘 압니다."

"그래 가장 잘 알겠지."

이강진은 비꼬듯 말했다.

"절대 안 된다는 말을 듣고도 무시하고 약제사가 되었으면 잘 알아야지. 그래, 그때는 그리도 자신만만하게 고칠 수 있다고 하더니 왜 지금은 이러는 거냐? 그때처럼 자신 있게! 나을 수 있다고 말해야 하는 거 아니냐?"

"……너무 잘 알기에 그럽니다."

고칠 수 없다는 것을 말이다.

이강진은 이미 죽음을 맞이하기로 결정한 아들을 답답하게 바라보다 벌떡 일어났다.

"그래, 처먹든 말든 네가 알아서 해라. 답답한 새끼. 너 같은 놈을 위해 목숨 걸고 이 약을 가져온 서하가 불쌍하구나."

이강진이 밖으로 나가고 상원은 아버지가 가져온 물과 약을 바라봤다.

"아무 일 없었다더니……."

목숨을 걸고 가지고 왔다니 그건 또 무슨 소리인가?

상원은 생각에 잠겼다.

무엇이 옳은 일일까? 가망이 없다는 것을 알면서도 아들을 위해 약을 먹는 것이 맞을까? 아니면 깔끔하게 죽음을 맞이하는 게 나을까?

'당신도 이런 감정이었습니까?'

상원은 한숨과 함께 물잔을 들었다.

아마 서하도 자기처럼 헛된 기대를 품고 있을 것이다. 그 끝이 어떨지는 알고 있었으나 아들이 원한다면 먹을 수밖에 없지 않을까.

그렇게 죽은 아내를 떠올리며 상원은 약을 입에 넣고 물을 마셨다.

물이 달다.

꿀물이었다.

"하아, 아버지."

약은 쓸 거라는 고정관념에 꿀물을 가져온 것이었다.

"약은 그냥 물이랑 먹어야 하는데……."

이런 작은 배려도 서툰 사람이었다.

<8권에 계속>